ÉBANO
SOBRE OS
CANAVIAIS

ADRIANA VIEIRA LOMAR

ÉBANO SOBRE OS CANAVIAIS

1ª edição

Rio de Janeiro, 2023

Copyright © Adriana Vieira Lomar, 2023

CIP-BRASIL. CATALOGAÇÃO NA PUBLICAÇÃO
SINDICATO NACIONAL DOS EDITORES DE LIVROS, RJ

L832e   Lomar, Adriana Vieira
         Ébano sobre os canaviais / Adriana Vieira Lomar. – 1. ed. –
         Rio de Janeiro : José Olympio, 2023.

         ISBN 978-65-5847-137-0

         1. Romance brasileiro. I. Título.

                          CDD: 869.3
23-85276   CDU: 82-31(81)

Meri Gleice Rodrigues de Souza – Bibliotecária – CRB-7/6439

Texto revisado segundo o Acordo Ortográfico da Língua Portuguesa de 1990.

Todos os direitos reservados. É proibido reproduzir, armazenar ou transmitir partes deste livro, através de quaisquer meios, sem prévia autorização por escrito.

Reservam-se os direitos desta edição à
EDITORA JOSÉ OLYMPIO LTDA.
Rua Argentina, 171 – 3º andar – São Cristóvão
20921–380 – Rio de Janeiro, RJ
Tel.: (21) 2585–2000.

Seja um leitor preferencial Record.
Cadastre-se no site www.record.com.br
e receba informações sobre nossos lançamentos e nossas promoções.

Atendimento e venda direta ao leitor:
sac@record.com.br

ISBN 978-65-5847-137-0

Impresso no Brasil
2023

*Dedico aos tons azulados, leitosos e acanelados
dos corpos cicatrizados – ou não –
das chibatadas da incompreensão.*

PARTE I

JOSÉ, O PEREGRINO

SAIU DO PORTO em um porão escuro e fedorento. Quis partir para o outro lado do mundo. Fugia do medo, do medo da morte lenta, que chamava de pobreza, e da morte fulminante, que chamava de doença. Na travessia, escutava o gargalhar das gaivotas e sonhava ser Fernão de Magalhães. Sim, as gaivotas gargalham e podem até chorar. Sentia-se gaivota. Tão miúdo, sem pelos no corpo, sonhava e sonhava. Comia migalhas no chão e se mantinha escondido com o auxílio do amigo e vizinho Antônio, que, ao contrário dele, estava munido de documentos.

Pararam no porto de Nova York. Escondido, entre ripas e na companhia de ratos, José via os meninos em fila serem examinados por um homem grande, de jaleco branco, com um estetoscópio no pescoço. A cena o fazia se lembrar da mãe, no leito de morte.

— *What's your name? How old are you?*

Nomes e idades estavam sendo anotados. Depois de passarem pelo teste, os meninos eram realocados no navio. Os que não retornavam à embarcação se encaminhavam para atendimento na enfermaria improvisada. Não seguiam viagem, porque havia suspeitas de estarem

9

infectados por doenças trazidas do Porto. As mais temidas eram a peste bubônica e a cólera.

José, aos quinze anos, se mantinha no escuro das paredes úmidas, lembrando do pai que deixara no cais. Somente Antônio sabia que o amigo estava ali. Quando não havia ninguém por perto, ele dava um jeito de levar um pouco de comida a José, dividindo o pão e o leite. Fracionada, a comida mal servia para alimentar uma pessoa, mas essa era a forma como Antônio podia manter o amigo vivo até a chegada ao Recife.

O plano deu certo, e assim José conseguiu aportar no Recife no primeiro mês de 1864. O navio ancorou no cais do porto. Era madrugada. A tripulação estava faminta, e muitos tinham febre. A cidade parecia ainda dormir, ao contrário do navio, abarrotado de meninos insones.

José foi o último a sair. Não conseguiu se despedir de Antônio, por conta da algazarra no convés. Escutou as badaladas do sino. Olhou para um lado e para o outro. Ao ver o navio vazio, caminhou em direção ao cais, sem bagagem alguma e com as roupas fedendo a peixe estragado. Manteve-se em pé por alguns minutos, fitando uma avenida erma e borrada. Então, tonto e cambaleante, caiu como quem morre, de repente e tão moço, em plena calçada feita de pedras afiadas e frias.

O sol do meio-dia o acordou. O sono e a luz o alimentaram e enxotaram o urubu que o namorara por algumas horas a bicá-lo. Não fora dessa vez que a morte o levara ao encontro da mãe.

Renovado, atravessou a rua e se perdeu pelo centro do Recife. Os sapatos furados deixavam os pés expostos à quentura das pedras, mas isso não o fazia desistir. Tocou na imagem de Nossa Senhora que trazia no bolso da calça e prosseguiu. Começou a ver vida nas ruas. Mulheres passeando de mãos dadas, carruagens e algumas lojas abertas.

Passou por uma mercearia e sentiu o cheiro de pão recém-saído do forno. Da calçada, fitou o balconista, que logo entendeu a mensagem, mas se fez de desentendido. Via-se, por suas roupas maltrapilhas, que havia muito não tomava banho. As mãos estavam engorduradas e as unhas compridas exibiam sabugos escuros. O cheiro de amônia era latente. Com os olhos vidrados no pão, ele não percebia que os fregueses da mercearia se viravam e desistiam das compras. Assustou-se com a voz do atendente:

— Sai daqui!

Permanecia imóvel.

— Pois. Vou dar-te pães, mas sai daqui. Senão, ora, pois, pois, irei à falência!

Assim como José, o dono da pequena mercearia atravessara o Atlântico. Havia poucos anos estava naquele ponto, e tinha como sócio o primo, também vindo de Portugal. Esse detalhe não foi dito, mas a rispidez de sua fala não o impediu de separar quatro pães com carne-seca e um litro de leite fresco.

José comeu sem parar, como um bicho faminto. Quando terminou, agradeceu:

— Muito obrigado, senhor...

— ... Manuel. — Ao responder, o dono da mercearia emendou com outra pergunta: — E tu, como te chamas?

— José.

O papo não foi além porque chegaram alguns fregueses.

— Precisas de um banho, miúdo. De um banho. José saiu da mercearia com esse propósito, sabia que seu cheiro poderia afastar os clientes de Manuel.

Pegou a rua do Imperador e foi em busca do mar. Talvez houvesse, no caminho, algum chafariz. Sua intuição não falhou: encontrou um numa praça. Sem titubear, entrou na redoma, deliciando-se com o banho. Mas a alegria durou pouco. Foi visto por um guarda, que o pegou pelo braço e o levou à delegacia.

Com os cabelos molhados e sem camisa, sentou-se. Os pés não alcançavam o chão, as pernas balançavam no compasso de sua agonia e, por vezes, o dorso dos pés esbarrava na estrutura da mesa.

— Pois bem, teu nome?

— José.

— José, tu sabes que não podes tomar banho na praça. Isso é falta de decoro. Dá prisão, moleque!

José não tinha documentos e sentiu que sua situação só ia piorar se não apelasse. Antes, percebera que o inspetor de polícia exibia no tampo da mesa de trabalho uma imagem de Nossa Senhora, a mesma santa que ele carregava no bolso.

— Senhor, vou confessar a verdade.

A sala estava vazia, embora fosse sábado, dia considerado movimentado no distrito policial.

— Perdi minha mãe há pouco e vim de Portugal para tentar a vida aqui. Um bom homem me deu comida, e eu só estava tentando tirar a inhaca do corpo. Não tomo banho há um mês, ou até mais do que isso.

Com o corpo voltado para trás, o inspetor observou o semblante de José. Antes que dissesse algo, o silêncio da delegacia foi violado pelo grito esbaforido de uma mulher:

— Acabaram de assassinar meu marido!

Assustado, o inspetor fez sinal para José sair.

E, desse jeito, José partiu. Imaginou a cena. Teria o marido daquela mulher morrido por faca ou espingarda? Sabia o que era a morte. Matada ou morrida, tanto fazia. Aquela mulher sentia a morte do marido, ele ainda sentia a morte da mãe.

Anoitecia e ele precisava de um bom lugar para dormir. Procurou um canto aconchegante. Vestiu a blusa, ainda úmida, e adormeceu embaixo da marquise de um prédio com fachada em estilo rococó.

Nas primeiras horas da manhã, foi surpreendido por um vozerio. Era uma fila de meninos na esquina. Começou a sentir a barriga roncar e se arriscou ao lado dos miúdos maltrapilhos como ele. Talvez fosse uma espécie de caridade. Enganou-se. Tratava-se da fila para entrar no consulado. Reconheceu Antônio saindo em uma carruagem.

Tinha quase certeza de que aqueles meninos estavam munidos de documentos. Mas, ao ver Antônio, sem a oportunidade de conversar, percebeu que estava sozinho e poderia ser deportado.

O sol começava a despontar, e a avenida, aos poucos, foi ocupada por homens e mulheres brancos que passeavam, além de cavalos, alguns carros e charretes. Homens negros levavam cargas ou transportavam pessoas brancas em liteiras. Os dedos da mão de José não tinham mais aquela fuligem preta, mas o cheiro de peixe podre dera lugar ao de carniça. Os sapatos, furados pelos ratos que dividiram com ele o espaço entre os tonéis de vinho e a maquinaria do navio, ainda estavam atados em remendos a seus pés.

Os outros meninos estavam no mesmo estado, mas tinham um quê a mais de segurança. Portavam documentos, e os pais sabiam que estavam ali.

Na entrada do consulado, um homem de quepe, que o olhava de soslaio havia algum tempo, pediu que saísse da calçada. José entrou.

Encontrou uma grande sala clara. Sentiu-se em casa, porque todo o espaço era ocupado por muitos que falavam como ele. Traziam documentos iguais aos que ele deveria ter. Imaginou uma história e teve que sustentá-la até o fim: "Meus documentos estavam no bolso de minha calça. Meu tio Manuel fez milhões de pedidos para que eu cuidasse bem deles."

Ofereceram comida, e ele prontamente aceitou. Saciado, sentiu vontade de tomar banho.

O homem de quepe lhe disse que o banho somente seria permitido depois de preparar a ficha. José aguardou sua vez, imaginou o sabão limpando de verdade o corpo, o cheiro de carniça se esvaindo.

Batia repetidas vezes nas pernas... Tinha de se manter o menos nervoso possível. Antes gastar energia nas pernas do que gaguejar! Precisou fingir sobressalto ao perceber a ausência dos documentos, e daí se fez de surpreso quando enfiou a mão no bolso da calça e só encontrou o santinho de Nossa Senhora. Lembrou-se da mãe, da peste invadindo o corpo dela. E foi fácil chorar, focando nas perebas vivas e sanguinolentas.

Ofereceram mais comida. Saciado, sentiu sono. Adormeceu com a face ainda melada pelas lágrimas. Acordou e topou com o homem que faria parte de sua história por anos a fio. Era Henrique: vice-cônsul, maduro, aparência de quarenta anos, funcionário de carreira do consulado do Recife. Caso o cônsul não estivesse, e isso era a regra, ele assumia.

Ao ver José, logo sentiu empatia e, a princípio, sequer questionou a ausência de documentos.

Quando o rapaz acordou, na sala ao lado de onde Henrique despachava, a copeira negra bateu à porta.

— Entra.

— Senhor, o menino acordou.

— Pois o traz para cá e lhe oferece um bom café.

José apareceu com os ombros fletidos para a frente, o olhar fugidio e as roupas maltrapilhas.

— Dormiste bem, miúdo?

— Sim. Como há tempos...

— Pois diz-me. Primeiro, chamo-me Henrique. Onde estão os teus pais?

O silêncio pesado e difícil se instalou na sala ornada com objetos de prata.

— A peste levou minha mãe...

— E teus irmãos? Teu pai?

— Perdi dois irmãos. Meu pai ficou por lá.

Os olhos voltaram a marejar. Via-se a esclera banhada nas lágrimas, apesar do olhar estar voltado para baixo.

— Então tu não tens nem documento, não é mesmo? Teu pai não iria deixar tu vires. Por que vieste?

Diante do silêncio de José, Henrique se aproximou mais e disse:

— Pois bem, sei o quanto de penúria existe em minha terra. Além das pestes e das pragas, pobreza absoluta, não é mesmo? Caso queiras de verdade crescer na vida, e acho que bem queres, chegaste ao lugar certo, ao Mundo Novo.

José fez que sim, erguendo a cabeça e mirando, pela primeira vez, os olhos do homem à sua frente.

— E como te chamas?

— Como te disse, me chamo Henrique. Não lembras?

— Ainda tenho fome. Como te chamarei?

— Aos poucos, acharás o melhor jeito. Vou te levar para conhecer minha esposa. Acho que vais gostar muito dela.

De mãos dadas, cruzaram a avenida. Pegaram o coche na rua Direita. Havia algumas damas carregadas em liteiras.

— Isso me deixa revoltado — disse Henrique.

Ele se referia às liteiras sendo carregadas por homens negros.

O caminho até a casa de Henrique era arborizado; via-se o mar, ora azulado, ora verde. E, mesmo tristonho, o jovem José se via trilhando uma estrada que bem poderia se tornar aprazível, apesar da orfandade precoce.

Foram recebidos por uma jovem senhora.

— José, esta é minha esposa — disse Henrique.

— Muito prazer, José. Podes me chamar de Sara.

AJUSTES

NO DIA SEGUINTE, foram às compras. Sara escolheu algumas camisas e calças, sem conceder a José o arbítrio da escolha. Não sabia que ele detestava amarelo, e muito menos qual era sua cor predileta.

— Estás lindo, não é mesmo? — indagou ela, na melhor das intenções.

José exibiu um sorriso contido.

— Há gosto para tudo.

— Não gostaste?

— Longe disso. Longe. Isso não é problema.

Voltaram quietos, sem conversar. Ao chegar, José pediu licença para ir ao quarto.

Na cozinha, conversando com Marina, a cozinheira, Sara desabafou:

— Acho que fui invasiva, Marina. O que tu achas?

— Sinhá, sou apenas uma preta veia. Não devo opinar.

— Marina, já te disse um milhão de vezes, aqui tu podes ser quem és. Só não espalhes isso por aí.

— Bem, sinhá. O rapaz perdeu a mãe, não é? Tá sentindo falta dela. E ele ainda é bem mais feliz que eu, que nem conheci a minha.

— Quando tu falas desse jeito, vejo o quanto a vida é injusta, Marina.

19

— Dá tempo pro menino, sinhá. Não aperreia ele, não!

José permaneceu no quarto e, ao acordar, viu-se como um pimentão ardido. Não somente a tez, mas também os braços coçavam. Lembrou-se de que ficara ao sol, não imaginava que houvesse tamanho estrago. No Recife, ventava muito e não se sentia o sol queimando.

Encontrou Henrique e Sara à mesa da cozinha. Percebeu, de cara, o sotaque de Marina, com um falar mais lento, como se estivesse comendo chocolate.

Ao se sentar, Marina o serviu.

— Bom dia, rapaz. Dormiste bem? — perguntou Henrique.

— Sim, senhor, dormi, sim.

— Bem, hoje iremos te matricular no colégio. Já tens a leitura avançada?

— Sim, sim, senhor — respondeu José.

— Uma raridade saberes ler. Os meninos que vêm de Portugal são quase todos analfabetos. O cônsul os encaminha para as fazendas de açúcar. Bem, Sara te levará, não é, minha querida?

Nesse momento, Henrique deu uma piscadela, revelando cumplicidade com a esposa.

— Vamos tomar café, sem pressa. Depois iremos, ainda pela manhã. O que achas, José? — completou Sara.

— Por mim, tudo bem. — E José emendou a resposta com um questionamento: — O senhor trata muito bem os pretos nesta casa, não é?

20

Marina exibia um sorriso largo, de dentes brancos e arcada perfeita. Percebeu o olhar de José, que a deixava constrangida.

— São pessoas como nós, não achas? — disse Henrique, e então se sucedeu um silêncio constrangedor.

Marina se afastou um pouco, o corpo se acanhou. Lembrou-se do engenho onde estivera antes e de como fora difícil arrumar uma ocupação na casa-grande. Graças ao trabalho como cozinheira, conseguira se alojar na casa de Henrique e Sara; graças ao paladar de Henrique e àquele almoço que a própria Marina havia preparado em pleno domingo.

Henrique estava na casa de um amigo fazendeiro e lhe pediu indicação de uma cozinheira que preparasse pratos iguais ao que estava provando. Ele acabara de chegar de Portugal e não conhecia ninguém. O anfitrião dispunha de Marina, mas preferia cozinheiras mestiças a ela.

Após o jantar, o destino da exímia cozinheira mudara. A ida para o Recife parecia uma incógnita, mas Marina tinha a intuição de que a vida na cidade seria bem menos sofrida. Na casa-grande, não tinha hora para dormir. Acordava antes de todos, cozinhava, servia e se mantinha em pé na cozinha. Quando lavava a louça, permanecia atenta para não quebrar nada, instruída pela surra que a antiga cozinheira levara. Sequer respeitaram o fato de a mulher estar grávida. Cada açoite nela doía no corpo longilíneo de Marina, e suas lágrimas escorriam sem muito alarde. Caso o feitor percebesse, também levaria algumas chibatadas.

Marina continuou em seus pensamentos, enquanto a família conversava.

— Sabes, de onde vim não há mais escravos, mas bem sei o quanto valem por aqui. Muito dinheiro, não é mesmo?

— Por aqui ainda há um atraso, tudo por conta de um seleto grupo, detentor de grandes canaviais e cafezais. Aliás, vivemos no atraso, e que ninguém saiba o que te estou dizendo: andam traficando meninos como tu, de origem pobre, para trabalhar nos engenhos como feitores. Os salários são irrisórios, e, das ilhas dos Açores, eles vêm com a ilusão de que farão fortuna. Engano, miúdo. Puro engano. As condições são análogas à escravidão dos pretos. Não apanham, a bem dizer, mas jamais conseguirão pagar a conta do barracão.

José se calou. Henrique parecia ter adivinhado sua razão para ter atravessado o imenso oceano, além de fugir da dor.

Depois de um silêncio aflitivo, Henrique tornou a falar:

— Muitos países já aboliram a escravidão, meu filho. Já estamos quase em 1865.

— José, peço-te um favor. Isto é crucial que entendas... — disse Sara.

— Melhor que eu diga, Sara — interrompeu Henrique, para então continuar: — Não podemos ser declarados abolicionistas lá fora, mas, aqui em casa, somos. Caso queiras compartilhar de nossas convicções, serás bem-vindo, José. Do contrário, mesmo que não possamos ter filhos, mesmo que estejamos encantados por ti, não poderemos acolher-te.

José permaneceu em silêncio por alguns segundos. Marina se aproximou da mesa e ficou a seu lado.

— Pode ser uma questão de hábito. Meus pais falavam "esses nigrinhos" de forma corriqueira. Escutei muito. Posso tentar — disse José.

Sara olhou para Marina. Marina olhou para Henrique. José retomou a fala:

— Desculpe-me pela indiscrição...

— Podes falar. Não te acanhes — completou Sara.

— Estou com vergonha — revelou José.

— Digas, não somos mais estranhos — tranquilizou-o Henrique.

— Desculpe-me. Mas por que não dizes lá fora o que pensas?

— Perderia meu cargo diplomático. Poderia até ser acautelado. E a conversa é bem extensa, José. Bem extensa.

— Nossa, que grande absurdo!

— Entendes agora por que não deves comentar lá fora como tratamos Marina? E tu podes ter o mesmo destino dos outros meninos. Sorte que o cônsul está no Rio de Janeiro e tu vieste sem documentos. Como tu não existes, sequer o cadastramos no consulado.

— Mas não vão contar?

— Tenho bons amigos, não te preocupes.

— Então, vê se compreendi. Caso eu frequente a escola e algum amigo venha estudar comigo, terei que fingir maltratar Marina? E ninguém descobrirá de onde vim?

— Não precisa me maltratar. É só não me oiar nos oios e falar "Quem vai querer ponche?" — falou Marina de forma engraçada.

Sua gargalhada veio logo depois da palavra *ponche*. Os quatro riram, e ali teve início a proximidade que faltava para que José começasse a entrar no mundo da família que o acolhera.

O PORTO E O RECIFE

A VIDA NO RECIFE era intensa. Foi difícil se adaptar à rotina do colégio de jesuítas. José evitava trazer gente para casa, porque achava estranho mentir e tratar Marina de um jeito diferente. À meia-luz, imaginava Marina pelada e fazia o sinal da cruz: *Pecado! Marina é nossa empregada e não tem idade pra gostar de mim de outra forma.* Certa manhã, contou uma piada só para apreciar os dentes bonitos, alvos e fortes dela. Então criou coragem e perguntou:

— Marina, tu tens namorado?

Ela sorriu descabreada, como quem diz algo que não deseja dizer:

— Não, não dá tempo. Tenho que cuidar de tudo.

Referia-se à casa, que, além de grande, tinha muitos objetos de decoração do casal: presentes de chefes de Estado e diplomatas, além de peças garimpadas ao redor do mundo. Sua rotina na residência incluía os fins de semana, quando recebiam o corpo diplomático estrangeiro e figuras notáveis do cenário local. Serviam coquetéis e até mesmo jantares. Não à toa, puseram José nas aulas de boas maneiras. Ele chegou meio bronco, apesar de ser alfabetizado e de não cometer muitos erros na língua falada.

A origem de José era humilde. Os pais biológicos moravam à beira do rio Douro e, junto com outros agricultores, dividiam as quintas. Alguns plantavam uvas e faziam seu próprio vinho; outros investiam em oliveiras e confeccionavam azeites armazenados em talhas. José era o mais novo entre seus irmãos. Desde cedo trabalhava. Sua mão tinha a palma grossa e as marcas do sol a pino. Sabia, como ninguém, pegar no arado.

Ali, no Recife, essas qualidades não eram importantes. A nova cultura lhe cobrava boas maneiras. Tinha tido muita sorte de acabar ali, no meio daquele casal e de Marina. Fechava os olhos e lembrava-se dos outros meninos que vieram com a esperança de melhores dias, mas terminariam nos engenhos, devendo ao barracão, aprisionados em dívidas, conforme Henrique descrevera.

Durante os passos até o colégio, recordava o beijo da mãe e quando a viu pela última vez, tomada por chagas. A pele alva e quase transparente fora invadida por feridas com secreção purulenta e amarelada. Ele entrava no quarto sempre com um pano no rosto e ficava distante do leito. Naquele inverno, os dois irmãos mais velhos já tinham morrido.

Jamais se esqueceu de quando ela falara baixo, do modo quase inaudível, que ele precisava fugir, senão morreria também:

— José, partas, meu filho. Teu pai te perdoará.

— Mãe, não quero ir embora. Tu vais ficar boa.

— Não, filho. Não vou. Estou à beira da morte. Encontrarei teus irmãos: Miguel e Antônio. Agora, sai.

Ainda não estás doente, e bem podes ficar. Se adoeceres, perderemos a continuidade do nosso nome. Vai e não olhes para trás. Vai, com sorte. Terás vida longa, filho meu. Plantarás em algum lugar, tenho certeza disso. As sílabas e a ordem da fala da mãe o acompanhavam em todos os momentos em que estava só. Ao caminhar, meditava e tentava aliviar a saudade que sentia do Porto.

Chegava ao colégio e se encontrava com os amigos, todos homens. Seus pelos começavam enfim a nascer e, até então, além de Sara, sua mãe brasileira, a única mulher que conhecia era Marina.

As noites eram longas, e os dias, curtos. Sonhava chegar a seu quarto, depois das tarefas de casa feitas, e ver Marina sorrindo. Ela poderia ser nigrinha como fosse, mas seu pai no Recife tinha toda a razão.

Um dia, José chegou da escola e deu de cara com o jornal *Diário de Pernambuco*: "Cônsules do Recife e do Rio de Janeiro são afastados por traficar negros e meninos pobres das ilhas portuguesas."

— Sou um felizardo, Marina. Vim parar aqui...

— Nada é de graça, Zeca. Estuda. E não deixa de obedecer.

Ele achou estranho, como se Marina soubesse algo mais, mas não quis se ater ao disse me disse.

— Não vá se esquecer da festa, é amanhã.

— Estás com toda a razão. Já estava a esquecer.

— Está na hora de praticar a aula de boas maneras.

— Só tive uma aula, Marina. Aliás, corrijo-te: aulas de boas *maneiras*.

Nesse momento, Henrique entrou na sala e o chamou:

— Anda cá, miúdo. Marina, faz um suco de seriguela para nós. Pois bem, teremos que inventar uma história caso alguém pergunte como tu vieste parar aqui.

— Melhor dizer a verdade.

— Claro que não, José, claro que não. Terias de ter documentos. Não vês o escândalo do cônsul? Pensarão o mesmo de mim, que trafico meninos para as fazendas de açúcar e lucro dinheiro com isso.

— Então, como farei?

— Fingirás que és filho de um parente distante. Direi isto. Pois bem, és filho de Antônio, meu primo do Algarve...

— Mas deixei meu pai no Porto, e o nome dele é José Luiz, como eu.

— Agora, pois, pois, José. E como poderei te tutelar, se não inventarmos que ficaste órfão? Mas me diz uma coisa: por que abandonaste teu pai?

— Minha mãe me pediu para fugir da peste, Henrique.

— Não creio. Não creio.

José lembrou-se das chagas e da mãe em súplica. Os olhos se encheram de lágrimas como da primeira vez em que Henrique o viu, no consulado.

— Não posso dizer a verdade, que tu fugiste do Porto logo depois da morte da tua mãe e que sonhas ser caixeiro, ficar rico, comprar um engenho.

Os olhos de José saltaram. Não sabia ao certo o que significava ser caixeiro, mas sabia que seria bem melhor do que morrer da peste.

— José, é de suma importância que saibas que até para ser caixeiro terás que ter conhecimentos. Ou vais falir em um estalar de dedos...

— O senhor fugiu do assunto. O que dirá, caso perguntem? Quem eu sou e de onde vim?

— Nada como uma noite de sono para pensar. Aliás, estás convidado a pensar sobre isso comigo.

TONÉIS DE MERDA

JOSÉ FOI AO ESCRITÓRIO de Henrique para acertar o que iriam dizer caso alguém perguntasse sobre sua origem.

Ao entrar, viu o quanto ele estava tenso. Mesmo em casa, mostrava-se preocupado com a chegada de um navio no Recife. Havia rumores de que estava cheio de mulheres solteiras, vindas de Lisboa e do Porto.

— Não podemos aceitar isso, de jeito algum.

José olhou ao redor e estranhou o fato de ele estar sozinho no escritório. Parecia conversar com alguém.

— Não tens opinião sobre isso, José? — perguntou Henrique, como quem precisa dividir a angústia a qualquer custo.

— Não tenho ideia do que estás a falar. Peço desculpas.

— Pois, pois. Vou inteirar-te. Essas mulheres vivem num estado lamentável, muitas já são órfãs. Não há possibilidade de dotes por lá. Imagina enchermos estas terras de portuguesas que fatalmente vão se prostituir... Achas isso certo?

— Acabo de vir de lá. Sei bem o que estamos a viver. Prefiro não julgar.

— Sei disso, pequeno José. Mas não podemos criar um problema a fim de resolver outro.

Henrique estava realmente preocupado: a população de mulheres solteiras e sem dote só vinha aumentando no Recife.

— Tenho que telegrafar para Lisboa. Urgente. Queres ir comigo até o consulado?

— E o jantar?

— Falta muito tempo ainda.

Saíram às pressas. Rumo à rua Pedro II, avistaram no caminho o forte de cinco pontas. Dava para ver as naus chegando, a maioria com produtos vindos da Europa. A escravidão, apesar de persistente, não era, a princípio, alimentada pela vinda de escravizados em barcos. Os navios negreiros estavam proibidos de cruzar o Atlântico desde 1850.

As ruas eram fétidas, mas movimentadas. O comércio, com as portas abertas, estava a todo vapor. Os donos dos pontos comerciais eram, em sua maioria, portugueses ou descendentes deles. Percebia-se que alguns eram miscigenados: os tons de pele variando entre o canela e o jambo.

Quando estavam quase chegando ao destino, Henrique segurou o ombro de José:

— Não tiveste infância, não é mesmo? E estou piorando ainda mais a tua falta de infância.

— Até me divirto quando observo essa balbúrdia. Gosto disso.

José estava se referindo à quantidade de pessoas e ao comércio, ao falatório e aos gritos dos vendedores de jornais. Eram meninos, uns com um lote do *Diário de Pernambuco*, outros com exemplares do *Brado do Povo*.

Um grupo de homens pedia a abolição da escravatura e o fim da monarquia, o outro pedia a renúncia do cônsul.

— Onde está mesmo esse tal cônsul, Henrique?

— Nem aparece aqui, senão vai ser linchado. Deve estar lá pelo Rio de Janeiro. Talvez eu seja nomeado. Mas já estava a esquecer que és jovem e ainda entendes pouco da vida.

Continuaram a caminhar, e José teve dificuldade para acompanhar o passo de Henrique.

— Andas bem rápido para a tua idade.

— Estás a me chamar de velho? Só falta...

Assim que chegaram ao segundo andar do consulado, Henrique se pôs a telegrafar. Escreveu as primeiras palavras e esperou um pouco. O som do telégrafo assustou o rapaz, que, àquela altura, observava o mar pela janela.

A resposta de Lisboa dizia que o navio ainda não tinha partido e que somente algo muitíssimo grave poderia impedir o embarque.

Henrique considerou:

SUSPEITO QUE MULHERES VENHAM SE PROSTITUIR. ISTO JÁ É O BASTANTE.

E então veio a mensagem final de Portugal:

AGUARDA, LOGO ENTRAREMOS EM CONTATO.

Enquanto esperava pelo contato, começou a mostrar a biblioteca do consulado a José.

33

— Nossa, quantos livros. Eu não gosto muito de ler, invejo quem gosta — contou o menino.

— Já te disse. Se queres ser caixeiro, ir de ponta a ponta nos confins deste Brasil, precisas estudar. Não podes ser enganado. Tens que aprender a contar, subtrair e multiplicar.

José, por fim, teve coragem de revelar algo de que tinha vergonha, sua total ignorância do que seria *caixeiro*.

— Podes me explicar o que é um caixeiro? Tenho vergonha de dizer, mas não sei o que é isso — perguntou, com os olhos voltados para cima e uma carinha de arteiro.

— Vergonha, rapaz, é...

Antes que Henrique completasse, porém, o barulho do telégrafo o interrompeu. Ele correu até a escrivaninha e começou a ler em voz alta o que temia acontecer:

LAMENTO INFORMAR, MAS O NAVIO ACA-
BOU DE PARTIR. E NÃO HÁ SOMENTE MU-
LHERES, HÁ MENINOS TAMBÉM.

O semblante de Henrique se alterou. Com os olhos apertados, ele era só lamento.

Antes mesmo de sair, nova mensagem:

CÔNSUL DO RECIFE DENUNCIADO POR
TRAFICAR NEGROS E MENINOS POBRES
PORTUGUESES. AFASTADO DO CARGO.
DEVE ASSUMIR FUNCIONÁRIO DE CAR-
REIRA MAIS ANTIGO.

Em vez de se alegrar, Henrique não tirava o pensamento do navio lotado de mulheres e de meninos como José.

— Ainda és bem jovem para entender certas coisas, José...

Voltaram para casa a passos lépidos. O poente ia avançado. A rua, cheia de poças, ora alaranjava-se, ora prateava-se. O céu, bipartido em cinzas e laranjas, anunciava chuvas. As poças, decerto, iriam aumentar em quantidade e tamanho. Tambores lotados de excrementos eram carregados por homens negros com os corpos manchados de branco.

José perguntou a Henrique por que o corpo deles era manchado.

— José, eles são chamados de *tigres* e fazem o que lhes mandam. De casa em casa, recolhem das latrinas os dejetos e os transferem para os cabungos.

— E o que são *cabungos*?

— Aqueles barris de madeira!

Henrique apontou para o outro lado da rua. Do local onde estavam, viam-se os escravizados naquela condição degradante, a carregar fezes e urina.

— A coleta é feita de manhã e os detritos são despejados no rio. Vamos esperar que passem com nossas merdas, José.

Os homens-tigres passaram, e o cheiro ficou impregnado na memória do menino. Os dois tentaram imaginar como seria possível os escravizados aguentarem aquela sujeira dos tonéis. Uns, inclusive, eram muito

35

velhos e carcomidos. Não era incomum perceber que as fezes lambuzavam as mãos dos que as carregavam. Iam em direção ao rio Capibaribe e, quando ainda não era nem noite nem dia, eles depositavam todo o conteúdo lá. Os tonéis e os homens vestidos de branco passaram e, aí sim, os dois continuaram a caminhada até o sobrado. Quando chegaram, Sara já estava arrumada. Os pratos e os talheres dispostos na grande mesa. Na cozinha, Marina preparava polenta, peixe assado e macaxeira. As tortas de banana estavam sendo assadas, e o néctar da canela preenchia o ar. Um refresco, depois daquela caganeira a céu aberto.

No corredor, os dois se lembraram de inventar a mentira.

Caso fosse perguntado, José diria que a vida no Porto estava muito difícil e, por isso, viera para o Brasil. O que era uma verdade. A mentira estava em dizer que era um sobrinho de Henrique por parte de pai.

José ficou sem saber o que seria um caixeiro. De resto, estava pronto para sustentar o combinado. Era o sobrinho querido de Henrique.

O JANTAR

USANDO UNIFORME BRANCO, Marina não saiu de perto do fogão em nenhum momento. O mordomo servia e, volta e meia, reaparecia na cozinha para reabastecer os pratos. Na sala de jantar, os dez lugares estavam ocupados por integrantes da aristocracia local. O barão de Jequié, sua esposa e a pequena Isadora, além de Fernando, senhor de engenho, acompanhado da mulher e dos dois filhos, já crescidos. Em uma cabeceira, Henrique; na outra, Sara. Ao lado de Henrique, estava José. O assunto girou em torno das notícias sobre a corrupção do cônsul. Henrique manteve-se calado durante todo o jantar. Guardou para si a informação de que seria promovido. Volta e meia olhava para José, na intenção óbvia de que guardasse segredo. A verdade é que não se sentia preparado e muito menos tinha sangue de barata para suportar os desvarios dos monarquistas. Eles queriam, a qualquer custo, ocupar a colônia.

A conversa foi interrompida pelo barão de Jequié, que olhou José de cima a baixo.

— És de que lugar de Portugal, rapaz?

José olhou para Henrique, e, antes que pudesse responder, o vice-cônsul se adiantou:

37

— José veio do Porto.

— Soube que a peste matou muita gente por lá.

— Sim, senhor — disse José, baixando os olhos.
Sentiu, nesse momento, um arrepio. E desejou que parassem por aí as indagações do barão.

Todos foram surpreendidos pela voz da pequena Isadora, que parecia alheia a toda a conversa:

— Esse aí é teu painho?

— Isso são modos, minha filha? — repreendeu a mãe.

A menina apontava para Henrique, que comia avidamente, em flagrante nervosismo.

— Quase isso, Isa... dora — comentou José.

Um silêncio acompanhado de um certo constrangimento tomou conta de todos.

A mudez momentânea foi interrompida por uma sirene estridente. Deixaram os pratos sobre a mesa e correram para ver o que estava acontecendo. Das janelas do sobrado, viram o hospital dos loucos em chamas. Não era longe de onde estavam, e podiam sentir o cheiro de queimado.

As labaredas em tons febris iluminavam ainda mais a noite enluarada, e o calor já chegava até eles. O reflexo das chamas, mesmo que um pouco distante, criava uma luminosidade estranha nos rostos dos presentes. O suor conferia brilho e um aspecto mais frágil aos homens da aristocracia.

José se sentiu aliviado; não perguntariam mais nada sobre ele. Percebeu o quanto Isadora era pequena. Ele, com seus quinze anos, via a menina, com dez, como uma pirralha chata e intrometida. *Talvez, um dia, eu possa te namorar. Agora não dá*, pensou.

Voltaram para a mesa e terminaram o jantar. Em seguida, se acomodaram na sala e degustaram um café vindo do Sudeste do país, dos confins das Gerais.

— Uma pena que por aqui não seja possível plantar café — disse Fernando.

— Só cana-de-açúcar, pelo que sei — respondeu Henrique.

Na varanda, as mulheres, a pequena Isadora e os rapazes conversavam sobre as lojas novas do Recife.

— No Saraiva, há uns bons cortes de seda, Sara.

— Não conheço nenhuma costureira boa, baronesa. Conheces?

— Pois bem, acreditas que a velha escrava do engenho dos Monteiros é ótima? Melhor ainda que não precisamos pagar.

Sara ficou indignada e buscou mudar de assunto:

— Alguém aceita torta de banana?

— Sim! — Os mais novos responderam em coro.

Ela tocou o sino. Ninguém apareceu; nem Marina nem muito menos o mordomo. Levantou-se e sentiu alívio pelo descuido dos dois. Saiu em direção à cozinha e pediu ajuda a José para cortar a torta.

Na cozinha, viu Marina e o mordomo jantando. Na frente dos dois, disse a José:

— Acostuma-te, José, com esses escravocratas! Só não repitas, meu filho, esse querer escravizar. É absurdo ainda existir escravidão!

39

José beijou o rosto de Sara, Marina achou bonito. Colocaram as tortas em duas bandejas e voltaram. O assunto já era outro.

A noite avançava, e as visitas começaram a se despedir. Quando todos saíram, Henrique bateu no ombro de José:

— Tu te saíste muito bem. Melhor não mentir.

— A sorte foi o incêndio — disse José.

— Por falar em incêndio, tomara que não tenha havido muitas vítimas. Amanhã vou passar no palácio do governador para prestar ajuda, caso necessário. Há muitos portugueses internados naquele hospital.

Começou a trovejar, e, em segundos, veio a tempestade. Henrique curvou-se sobre o parapeito da janela, olhando para a rua vazia, não fosse a presença dos detritos que desciam em enxurrada.

O VIBRIÃO

O DIA RAIOU ENSOLARADO. Henrique visitou o hospital e viu que a situação não era nada simples. O incêndio destruíra todo o interior, obrigando o governador da província a realocar os loucos. Conforme tinha dito que faria na véspera, disponibilizou o consulado para ajudar no que precisasse. Poderia entrar em contato com o imperador Pedro II.

Ao sair do hospital, um temporal o impediu de atravessar a rua. Desavisado, não tinha sequer uma capa de chuva. Aguardou na calçada, mas o temporal não passava. Ao contrário, só aumentava. Chovia a cântaros, e as águas não escoavam. As valas, entupidas, transformavam-se em poças, e as poças, em focos de mosquitos.

O Capibaribe fedia. Suas águas mansas e transparentes mudavam de cor e de textura. As fezes, diariamente despejadas ali, boiavam na margem do rio.

Todos sabiam que, no inverno, as chuvas eram frequentes — e isso era sinal de boa safra. Só que aquele inverno tinha um quê de diferente. O aguaceiro não cessava, e a quantidade de tonéis de merda despejados no rio tinha aumentado bastante, o que causava grande burburinho na cidade. As reclamações cresciam no mesmo ritmo das águas que transbordavam.

41

Era usual colocar a culpa nos escravizados. Frases como "Esses pretos só sabem procriar" eram comuns. Já as notas e charges do *Brado do Povo*, essencialmente abolicionista, botavam a culpa na quantidade de navios vindos de Portugal, com suas "pestes a contaminar nossa terra".

Henrique ficou um bom tempo embaixo da marquise, e José, àquela altura, estava no colégio. A turma de vinte alunos contava com menos da metade, causando estranheza na professora. *Terá sido a chuva?*, perguntou-se.

Pouco tempo depois, o diretor bateu à porta:

— Muitos alunos estão acamados, com diarreia e náuseas.

José se lembrou da mãe. Começara assim, com uma diarreia. Depois, os lábios secaram, passou a ter tremores. Os ombros curvados, sem sentir as pernas, o coração batendo ora forte, ora fraco, e, por fim, ficou gelada como o inverno do Porto.

A professora passou como dever de casa a leitura de poemas de Shakespeare e dispensou os presentes com uma advertência:

— Tomem cuidado com as poças. Aquilo não é barro, são excrementos.

A professora era fina. Para José, aquilo era bosta. Igual à que havia no Porto, só que lá não era despejada no rio Douro, e sim nos quintais dos sobrados e cortiços. Lá não havia escravizados, muito menos feitores. Cada um tinha seu tonel e o despejava onde bem quisesse.

O trajeto até em casa era curto, mas, com a chuva torrencial, a distância parecia ter aumentado.

Chegou ensopado e tossindo bastante. Sara preparou um bom banho e deixou roupas secas na beirada da cama. Ele saiu do banho diretamente para a latrina. Só saía água. No mesmo instante, começou a ter ânsia de vômito.

Na cozinha, Sara estranhava:

— Marina, José está demorando tanto... Pior que Henrique nem chegou do hospital psiquiátrico.

— Pois é, dona Sara, fica estranho entrar no banheiro. Mas a senhora é quase mãe dele...

Sara seguiu o conselho de Marina. Como se tratava de um rapaz, iria somente bater à porta. E assim fez. Bateu, bateu de novo, mais outra...

Escutou-se, da cozinha, o grito de Sara. Marina correu.

José foi encontrado seminu, melado de vômito e fezes. Cada uma protegeu o próprio rosto com um pano de prato limpo e manejaram o corpo do rapaz, levando-o ao quarto. Limparam-no com compressas de álcool. Enquanto Sara permanecia ao pé da cama, Marina desinfetava o banheiro.

— Senhora, o menino pegou cólera.

A chuva persistia. Henrique chegou ensopado e estranhou o cheiro de vômito. Logo naquele dia, em que nem mesmo o cocheiro tinha aparecido, precisava chamar o médico.

Teve a ideia de passar, de vizinho a vizinho, a mensagem: "José pegou cólera. Precisamos que o doutor venha vê-lo."

De voz a voz, chegou ao médico: "José pegou coceira, venha nos ver."

43

No hospital, muitos chegavam carregados, ora vomitando, ora letárgicos. E, como o médico estava certo de que a doença de José era no máximo uma urticária, preocupou-se em dar atenção aos que estavam com sintomas de cólera.

José não parava de ir ao banheiro. Marina lhe preparou um suco de mangaba, fruta boa para curar diarreia, como a mãe lhe ensinara.

— E o doutor que não chega, Henrique? Não é possível tanta demora! — lamentou-se Sara.

— É estranho mesmo, se bem que o hospital deve estar cheio.

— Precisamos nos assear, cortar as unhas e passar longe dessas poças fedorentas.

— Nem sei como ainda não peguei — acrescentou Marina, que escutava a conversa.

Sara foi ver José e se assustou com o quanto ele delirava:

— Mãe, estou doido pra te ver. Tu e meus irmãos. E como é o céu em que estás? Conta, mãe, conta.

— Marina, traz umas compressas com álcool para botarmos nas axilas dele, e água, para que não morra desidratado — pediu Sara. E olhando para o marido e Marina: — Logo agora que estávamos bem, não é, Henrique?

— Ele vai sobreviver, Sara. Um menino que atravessa o oceano fugindo da pobreza e de uma peste não vai morrer de cólera.

Marina rezava para Santo Expedito enquanto passava um pano no quarto de José.

Tarde da noite, o médico saiu do hospital, foi até a casa de Henrique e assustou-se ao ver o rapaz:

— Achava que era urticária. Assim me foi dado o recado.

— Dissemos que era cólera — afirmou Sara.

— Bem, cólera é, e ele precisa sair daqui imediatamente para o hospital.

Partiram de carruagem. Sara e Henrique estavam atônitos. Sequer percebiam que em cada esquina havia uma ou duas pessoas vomitando e que o cheiro do Capibaribe mudara.

O inverno inteiro foi chuvoso. Sem saneamento básico algum, o Recife continuava fétido, e a doença deixou muitos mortos. Henrique acertara: José não morreu de cólera. Não seria dessa vez que reveria a mãe e os irmãos no céu.

O CAPITAL

HENRIQUE TINHA NEGÓCIOS além do consulado. Estava investindo em mercadorias e em caixeiros-viajantes. Não queria abrir uma loja porque não achava justo pagar impostos tão altos.

Pensava em José, mas ainda o achava novo para sair do Recife. Arrumou então um caixeiro-viajante, Tobias, e o contratou. O negócio era simples, contratava-se o caixeiro por um período de seis meses. O custo da viagem era rateado, e a mercadoria era fornecida pelo investidor. Caso vendesse, o caixeiro ficava com até vinte por cento do lucro.

Tudo o que se passava na vida de Henrique era comentado à mesa do jantar. José se inteirava dos assuntos e até contava as próprias alegrias e agonias.

— Bem queria que meus primos viessem do Porto. Por lá continua aquela penúria, não é, senhor?

— Sim, José. As notícias que me chegam não são as melhores. E por falar nisso, não queres avisar teu pai que chegaste ao Recife? Acho que ele ficaria bem feliz em saber que estás bem.

— Tenho vergonha. Acho que se tivesse um filho igual a mim, não o perdoaria. Vi o quanto meu pai me procurou naquele cais do Porto. Se tive coragem de fugir, não é esquisito eu aparecer de repente?

— Tu tens de saber o que é melhor. Eu acho estranho, mas se convives bem com isso...

— Sabias que me adiantaram no colégio? Ano que vem concluirei os estudos.

— E o que queres fazer?

— Quero ser caixeiro.

— Se estivesses formado, terias essa oportunidade agora mesmo. Acabei de contratar um.

— Eu preferiria que fosses advogado — comentou Sara.

À mesa longa, somente os três conversavam, mas a sala parecia ocupada por muitos. Todos tinham a mesma oportunidade de falar.

Marina comia à mesa da cozinha e sorria enquanto escutava a conversa. Ansiava que chegasse logo o domingo para se encontrar com Matias, seu novo namorado. Em comum, tinham vidas menos infelizes — ela, por trabalhar na casa de abolicionistas, e ele, por exercer uma profissão necessária, mas temida pelos brancos. Matias era barbeiro.

CRESCE MENINO, CRESCE

JOSÉ NEM PERCEBERA o quanto tinha crescido. Um ano se passara, e as calças não cabiam mais no comprimento. Estavam curtas.

Sara o convidou para passear pelo Centro: na rua do Imperador, havia uma loja de ternos. Sem qualquer constrangimento, numa postura bem diferente do dia da primeira ida às compras, José pareceu gostar do convite. Dessa vez, fez questão que Sara escolhesse a cor do terno.

— Cinza, para combinar com teus olhos cor de âmbar.

Deixando de lado os arroubos da adolescência, ele acatou, com um sorriso de gratidão:

— Acho que tens razão, Sara. Agora, como suportarei o calor, caso viaje?

— Calma, até lá vais crescer mais. Compraremos outro tecido, mais leve, para tuas futuras andanças.

O papo dos dois girava em torno do sonho dele de ser caixeiro-viajante. Sara tinha curiosidade em saber se o rapaz estava gostando de alguma menina. Mas, como ele não dizia nada, não queria invadir sua privacidade.

Discreto, José tinha seus devaneios, sonhava com meninas, mas o colégio jesuíta era exclusivo para rapazes. Os momentos de lazer eram as jogatinas de pôquer na

49

casa de colegas de classe. Toda sexta-feira se reunia com os amigos em casa. Ficavam até o fim da tarde jogando. Nesses momentos, engrossava a voz para Marina e pedia suco de mangaba, em tom de raiva.

Bom ator, fazia Marina tremer, mas depois ela lembrava que era o jeito dele de cumprir a promessa feita em seus primeiros dias no Recife. Era notório o quanto ele se aproveitava para zoar com Marina.

Quando todos saíam, ele chegava à cozinha e lhe dava um beijo. Sem dizer palavra, somente havia o gesto. Marina se derretia:

— Zeca, danado, eu sei do prometido, num precisa pedir discurpas.

Ele a abraçava novamente e corrigia seu português:

— *Preciso*, sim, me *desculpar*. Vai que eu me acostumo a te tratar mal!

Sara tricotava. Henrique fazia as contas e via que era rendoso custear caixeiros. No momento só tinha um, mas, no ano seguinte, sonhava em ter dois.

CAIXEIRO-VIAJANTE, PARA SEMEAR SONHOS

O SONHO DE HENRIQUE se concretizou: José completara o colegial. O vai e vem no solar ocupava a mente de Marina, uma quituteira de mão cheia.

— O Zeca se formou. O melhor vai ser a festa, né, dona Sara?

— Faremos um jantar. Podemos chamar os colegas de classe e outros convidados. Faríamos uma surpresa a ele. Uma boa ideia, não é mesmo?

A formatura aconteceu, a família não escondia o orgulho. Comemoraram em uma larga mesa. O jantar, que a princípio seria íntimo, criou ares de festa.

Isadora apareceu desacompanhada do pai. A mãe estava a seu lado, mas, logo que chegou, juntou-se aos outros adultos. Os rapazes e as raras moças foram para a cozinha.

— O melhor lugar da casa — comentou José.

— Parabéns! — disse Isadora.

Marina sorria. Quem sabe agora os dois se dariam as mãos e começariam a flertar.

No entra e sai da cozinha, os amigos se acotovelavam, e o riso solto, com bebidas agora liberadas, significava uma nova fase.

Isadora ficou ali se divertindo. No fim da festa, José a levou até a porta. A mãe estava junto — e, talvez por se

51

sentir vigiado, José não fez nenhum gesto que expressasse qualquer tipo de afeto.

Agora estava apto a ganhar o mundo, a seguir os planos de Henrique.

— Tu vais começar como aprendiz. Depois de duas viagens com o Tobias, já poderei confiar a ti uma parte de meu quinhão — dizia ele.

Disperso, com um olhar vago, José lembrou-se de Antônio, o vizinho no Porto:

— Henrique, acaso conseguirias descobrir onde está o Antônio da Costa? Ele veio na mesma época que eu. Tinha autorização dos pais e portava documentos.

— Foi bom tocares nesse assunto. Infelizmente, quem tinha documentos não se deu bem. Aquele foi um dos últimos navios da escravatura branca de meninos pobres portugueses.

José gelou. Como assim? Ele tinha sido agraciado pela sorte, e o amigo, que estava todo correto, tinha se dado mal? Não podia ser verdade, e, se fosse, não seria justo.

— Onde ele está?

— Talvez no agreste de Alagoas, como feitor.

— Recebe algum salário por isso?

— Não, meu filho. Comida, moradia e o status de liberdade.

— E se ele pedir demissão?

— Volta para Portugal, porque os meninos vieram com esses empregos garantidos como serviços prestados.

— Que absurdo!

— Também acho! E o pior é que não podemos fazer nada. O que fizemos foi impedir os novos casos.

— Tu conseguirias localizar o engenho para mim?

— Sim, vou tentar. Agora, tenhas cuidado ao chegar perto. Qual a tua intenção? Resgatá-lo?

— Queria vê-lo e prestar ajuda.

— Lembra-te, se ele sair, fica desempregado. E ninguém contrata.

— Só se...

— Calma, José, calma. Mal começaste o negócio e já estás a pensar em adotar o mundo.

— Antônio veio do mesmo canto...

— E só agora te lembras dele?

— E quem te disse que só agora me lembro dele? No navio só não morri graças ao pão que ele repartia comigo e à coragem de me manter em segredo no porão. Antes não tinha como ajudá-lo. Agora tenho uma profissão.

O argumento de José pareceu forte a Henrique. A lembrança do amigo Antônio, mesmo que tardia, revelava um homem sensível.

— Tua preocupação é nobre.

— Penso em trazer meu pai e meus primos para cá. Mas tenho dúvida, porque acho que meu pai não me perdoou.

— Todo pai perdoa, tenho certeza.

— Falas como se todos fossem iguais a ti. Sabias que me dás mais carinho do que meu pai de nascença me deu?

Henrique abraçou José com braços de polvo.

— Obrigado, meu filho. Agora vamos ao que interessa. Tua primeira viagem será daqui a uma semana. Tobias o acompanhará. Já encomendei as mercadorias e terás que vendê-las. Metade do arrecadado é teu, e a outra metade, minha.

— Nada disso. Quero que faças igual ao que fazes com Tobias. Vinte por cento, e não metade. Senão, vou desistir de ser caixeiro com o senhor.

— Mas és como se fosses...

— Eu sei, teu filho. E, como filho, não vais me estragar, não é?

— Este José não é fácil. Está bem, então.

A cidade tinha dois lados, o pobre e o rico. José vivia no rico e só tinha visto o outro lado ao chegar. Antes de partir com Tobias, teve a ideia de passar na mercearia de Manuel, o homem bronco que lhe dera o pão com carne-seca mais gostoso do mundo.

Teve dúvidas se seria capaz de encontrar a mercearia depois de tanto tempo. Acompanhado de Tobias e do cocheiro Arlequim, foi até o porto. Pediu que esperassem e seguiu a pé. Tobias não aprovou a ideia, mas não podia reclamar. Afinal, José era o pupilo do patrão.

José apeou da carruagem. Asseado e cheiroso, nem de longe parecia aquele menino maltrapilho e esfomeado. Anos haviam se passado, mas ele mantinha um olhar de orfandade. De resto, em nada se assemelhava à criança que um dia fora.

Ele se viu na calçada semimorto, chegou a escutar o som dos urubus. Atravessou a rua e ficou em dúvida quanto a virar à direita ou à esquerda. Parou, viu algumas mulheres conversando, levando sacolas nas mãos.

— Bom dia. Há alguma mercearia por perto?

— Sim — respondeu uma das moças. — Há duas. É só seguir esta rua e, no fim, virar à esquerda.

Ele se confundia com direita e esquerda, e, sabendo dessa dificuldade, pegou a caneta-tinteiro e rabiscou uma seta na direção que deveria tomar. As moças acharam estranho um homem tão bem-vestido não saber direito a diferença entre esquerda e direita. Ele lançou um olhar para o busto de uma delas.

Chegou à mercearia de Manuel. Percebeu que ela tinha crescido e que, no lugar do proprietário, havia dois funcionários atendendo. Perguntou pelo dono. Um deles disse que esperasse um pouco. A espera foi maior do que presumira. Manuel apareceu bastante envelhecido, mas com o mesmo sotaque.

— Pois, pois, quem deseja me ver? Vou logo dizendo que estou cego e que é bem possível que não o reconheça.

— Sou eu, senhor Manuel, lembra-se de mim?

Os atendentes estranharam aquele homem que acabara de escutar sobre a cegueira do patrão acreditar que ele se lembraria de sua voz.

— Chega mais perto.

José se aproximou.

— Hum. Tu és grande e cheiroso. Não lembro.

— Quatro pães com carne-seca mais um litro de leite fresco para um miúdo fedorento e maltrapilho.

— Sim. José. Foram poucos minutos, mas me re-cordo, sim. Não fiz nada de mais.

— O senhor precisa de algo?

— Fico feliz que tenhas te dado bem na vida. Não te preocupes comigo, segue teu caminho, olha para a frente. Vai com Deus.

José o abraçou e se despediu, agradecendo mais uma vez:

— Muito obrigado por ter me alimentado. Acho que eu poderia ter morrido naquele dia.

— Não vieste à vida a passeio. Pensa nisso.

O filho de Manuel o levou até a porta da mercearia, e, na calçada, antes que José fosse embora, disse que o pai era orgulhoso e que precisava saldar dívidas contraídas por conta da expansão da mercearia. Crédulo, José abriu a carteira e tirou todo o dinheiro que tinha.

Não era muito para Henrique, que certamente en-tenderia seu gesto.

Saiu de lá contente, sem saber o uso real que seria dado ao dinheiro. O filho de Manuel não contou ao pai que recebera uma quantia de José e investiu em papéis na bolsa.

Antes de seguir viagem para o agreste de Alagoas, José deu um pulo no consulado e contou o acontecido para Henrique. Sem ter sua atitude questionada em nada, ga-nhou um abraço e alguns réis para reabastecer a carteira.

NA BACIA DO CONGO
CHISULO E SHAKINA

A FLORESTA PARECIA NÃO ter fim, tamanha a quantidade de árvores. Vários tons de verde, do musgo à cor do mar do Recife. O rio límpido dava a impressão de correr num paraíso. Seria perfeito, se houvesse somente a exuberância e a harmonia das folhas gigantes que acolhiam pássaros. Quando se descia das árvores, a realidade era diferente. Homens vendiam outros homens. Na tribo dos meliantes, os bakongos eram submetidos a trabalhos forçados. Os mais fortes eram comercializados nas *kitandas*, feiras de trocas de mercadorias, e despachados para Luanda. De lá, saíam rumo ao Atlântico para abastecer a Europa e suas colônias.

Chisulo foi capturado por traficantes e, logo depois, vendido. Sua mãe lhe deu esse nome por ter nascido robusto e resistente como os touros.

Na mesma emboscada, Shakina foi levada — afinal, o traficante precisava de uma mulher, de preferência bonita.

Chisulo e Shakina chegaram juntos. O chefe quis se deitar com Shakina. Ela, a princípio, recusou-se. Gostava de Chisulo e queria se guardar para ele. Dançariam juntos na festa de casamento e planejavam ter filhos.

Contra sua vontade, teve que se entregar ao chefe. Para ele, o fato de ela ser virgem o tornava mais viril do que era. E, caso ela se recusasse, seria morta. Afinal, a mulher dele acabara de falecer e, em respeito à sua memória, precisava sacrificar um escravizado ou uma escravizada.

Como Shakina presenciou uma execução na noite em que chegara, tapou os olhos e foi ao seu encontro. Viu seu pai ser morto e devorado pelos traficantes, sabia o quanto aqueles canibais podiam ser perversos. O chefe pronunciou algumas palavras em banto:

— *Mubika Shakina akiese anga Kupua.**

Com medo de morrer tão jovem, Shakina cedeu. Enquanto o chefe a dominava, as lágrimas caíam sem escândalo. Sentiu profundamente, afinal queria se casar com Chisulo e seguir a tradição.

A noite passou arrastada. Ao fim, Shakina foi convidada a sair.

A madrugada foi chegando aos poucos. Uma brisa fria e cortante atingia o corpo ainda jovem da moça. Pela manhã, um novo carregamento de virgens. Homens abasteceram a aldeia. O chefe separou as novas virgens.

Shakina foi deixada de lado. Em outra ala, viu Chisulo, de longe.

Encontraram-se a caminho do porto de Luanda. Seriam vendidos. O chefe não gostou do cheiro de Shakina, não a achou muito animada. O preço dela caiu, mas, nas colônias portuguesas, melhor que não fosse virgem.

---

* "Mulher escravizada bonita, viva ou morta."

Os dentes de Chisulo e de Shakina eram fortes, o que significava uma boa moeda para os negociantes. Eles foram embarcados no mesmo navio, e lá, no porão, se separaram. Em seus sonhos, Shakina beijava Chisulo e lhe contava o que era difícil contar.

O longo e sombrio trajeto foi em tormenta. Do porão, avistavam um milímetro da lua e algumas luzes que pareciam ser pedaços de estrelas.

Atravessaram o oceano com pouca ração. Viram muitos serem jogados ao mar. Queriam somente uma coisa: ficar juntos. Não sabiam o que iriam enfrentar na tal colônia de nome difícil de pronunciar.

Vindos da bacia do Congo, onde a mata e os bichos vivem, e alguns poucos homens reinam nas aldeias, desembarcaram no porto de Penedo. Avistaram o mar, de um verde só visto nas palmeiras gigantes da floresta. Com as pernas bambas e fracos, suplicaram por comida. Shakina exibia uma barriga, e logo o carrasco percebeu que ela estava grávida. Separada dos demais, foi-lhe dada uma ração. Seria levada para um engenho de cana-de--açúcar — poderia dar uma boa lavadeira, ou, quem sabe, uma mucama. Chisulo foi levado ao pregão. Havia comerciantes no cais, muitos deles ávidos por revender escravizados para o Sudeste da colônia.

Apesar de extenuado, Chisulo realmente tinha boa estatura e dentes fortes. De longe, Shakina torcia para que o futuro marido fosse para o tal *genho*. Não sabia sequer o que se fazia nesse lugar.

TERRAS (*IXIS*) SEM GORILAS E ELEFANTES

CHEGARAM ALGEMADOS em carros de bois. Divididos por alas, foram depositados em cubículos, chamados de senzalas. O suor escorria, e Shakina estava ávida para se lavar em água doce. Sentia-se suja, o sal do banho que tomou no mar lhe cortava a pele. Os grãos de areia ressecavam sua tez macia e da cor do ébano. Quando se lembrava da noite em que tivera a virgindade roubada pelo traficante de escravizados, começava a se coçar.

Mesmo sendo noite, pediu ao feitor uma bacia de água limpa para se banhar:

— *Eme dilonga maza.*

— Danou-se... Que língua estranha!

Sem ao menos tentar entender o que Shakina queria, o feitor disse não. E a manteve ali, suja. Não tomava banho havia meses.

Shakina dormiu e sonhou que se banhava no rio. Lembrou-se da mãe, do pai e da aldeia circundada por folhas de vários tons de verde. Chegou a sorrir enquanto dormia. Alimentava-se de imagens, porque só lhe tinham dado uma raspa de caldo de feijão com bastante banha e orelha de porco. Quase nada. Esquecia-se de que estava grávida.

Logo cedo, levou uns empurrões:

— Nigrinha, já chega de dormir. Já pro rio! A sinhá deseja conhecê-la.

Sem algemas, banhou-se finalmente em água doce. Conseguiu, de fato, lavar o corpo inteiro. Percebeu que havia outras mulheres, umas bem mais claras, outras de cabelo liso e corpo quadrangular. Algumas bem longilíneas, como ela. Sem conhecer a língua, mas atenta ao que estava à sua volta, passou a cantar em congolês.

Na beira do rio, o feitor parecia nervoso:

— Anda logo com isso.

— São dois, Manuel. Dois — disse uma menina.

— Agora, pois, pois, não devias estar junto com os filhos do senhor? Aproveita, menina. Já, já, tu cresces. Aliás, quantos anos tens mesmo?

Descabreada, a pequena mostrou cinco dedos.

— Pois então, três anos para brincar. Depois, chicote...

Shakina terminou o banho e uma roupa branca a esperava. Ao menos estava asseada. Achou a roupa muito pesada e sentiu calor, mas sabia que não podia desobedecer. Pronunciava mentalmente: *Kubelesela*.

Com esse sentimento de obediência, entrou na casa-grande. Viu móveis e comida em demasia. Pensou que daria para alimentar aquele navio inteiro. Todos embarcariam saudáveis e gordos.

— Sinhá, trouxe a nigrinha nova para ver se aprovas.

— Como ela se chama?

— Não conhece nossa língua, sinhá.

— Pensei que ela viria do Rio de Janeiro. Não está proibido atravessarem o oceano com escravos, Manuel?

— Não sei de nada, minha sinhá.

— Vai ser difícil ficar com ela aqui. Como será nossa conversa? Deixa comigo e te vai. Se precisar de ti, aviso. Mando chamar.

A sinhá se aproximou mais de Shakina, como quem analisa uma peça única e rara.

— Mostra-me os teus dentes.

Shakira percebeu do que se tratava. Esticou os lábios da mesma forma que sinhá havia feito.

— Belos e fortes.

— *Mam! E!*

— Sabes falar.

— Mainha, viste minha boneca? — perguntou a filha da sinhá, ao entrar na cozinha.

Shakina sentiu empatia pela pequena. Compreendeu que a menina estava procurando algum objeto querido.

As roupas largas de Shakina disfarçavam a gravidez. Em respeito a seu deus Nzambi, iria até o fim, porque Chisulo não se oporia a ser o pai do filho que carregava no ventre.

— Tens jeito com criança, vejo por teus olhos. Pois bem, fiques por aqui. Primeiro, precisas passar pelo médico. Podes ter piolho ou doença venérea, e isso passa. — E então se voltou para a outra escravizada: — Beneditaaaa, terás companhia em teu quarto!

Não era bem a um quarto que a sinhá se referia. Sem cama, Shakina dormiria sobre uma esteira, mas ao menos sairia da senzala.

Antes de passar pelo médico, que só viria no dia seguinte, a mulher teve as unhas cortadas por Benedita. Não havia armário, apenas uma pequena trouxa de roupas.

— Precisamos arrumar mais mudas de roupas, Manuel! — reclamou a sinhá.

Do quartinho sem ventilação, ouvia-se o aguçar de sua voz.

Com as mãos asseadas, Shakina entrou na cozinha e viu que, além dela, havia quatro mulheres. Uma servia para cozinhar, a outra para passar, duas para arrumar. E onde ela se encaixaria?

— Por hoje, tu vai arrumar a casa comigo. A sinhá vai gostar — disse a escravizada de cor mais clara, de nome Tatá.

E lá se foi Shakina em seu primeiro dia na casa-grande, sem saber uma palavra de português. Muda e prestando atenção em tudo. Depois da arrumação da casa, ajudou a botar a mesa. Imitava tudo o que Tatá fazia.

— Aprendi com a sinhá. E como tu chama mesmo?

Silêncio. O mais profundo silêncio.

— Me chamo Tatá. E tu?

— Shakina.

— Melhor te chamar de Kina. Mais fácil pra nós.

O jantar rendeu. Os donos da casa beberam vinho do porto, comeram carne de primeira, macaxeira assada, galinha à cabidela, batata ao forno com queijo cremoso por cima. De sobremesa, munguzá com raspas de castanhas de caju.

Shakina nunca vira tanta comida. Começou a sentir o estômago rosnar, lembrou que só tinha a raspa do feijão do dia anterior. Pensou: *Daqui a pouco vou comer as sobras do jantar.*

Para deixar os donos da casa à vontade, ficou junto com Tatá e as demais em pé na cozinha.

— Não pode sentar. Se Manuel vê, vamos pro tronco.

Shakina não entendeu. Sentou-se no banco. Ainda estava cansada da viagem, e a barriga começava a pesar.

Manuel avistou-a antes mesmo que as companheiras de trabalho avisassem.

— Nigrinha, levanta! — gritou com o dedo em riste.

Shakina levantou-se e ele a levou. As mulheres que ficaram na cozinha espiaram pela janela. Não se viam mais Shakina nem Manuel.

O jantar estava terminando enquanto a sinhá contava sobre a nova criada. Com muita cerimônia dirigiu-se ao marido, e, mais uma vez, questionou, agora à pessoa certa, sobre a nova escravizada ser genuinamente africana.

— Não é proibido traficar escravos de fora, meu esposo?

— É. Mas os canaviais precisam de trabalhadores, minha consorte.

A sinhá bem queria continuar aquela conversa, mas percebeu que o assunto desagradava. Melhor se calar.

— Passearemos no Recife, o que achas? — perguntou o senhor em tom de afirmação.

Logo o sorriso apareceu nos lábios da sinhá.

Já Shakina estava no tronco.

— Só darei quatro chibatadas, em respeito ao filho que carregas.

Quatro longas chibatadas. A fibra do couro arranhava o lombo, tal qual espora. Os gritos não alcançavam a sala da casa-grande, mas as outras escravizadas ouviam.

Shakina bem queria estar nos braços de Chisulo, que, a essa altura, estava na senzala, dormindo com os demais escravizados. Do lado de fora, o capataz vigiava. Ela foi deitar com a lombar dolorida. Manteve os olhos abertos enquanto dormia. As chibatadas não a largavam.

A madrugada pareceu mais longa, e, quando o galo cantou anunciando o novo dia, Chisulo caminhou rumo aos canaviais. Na casa-grande, Shakina recolhia a roupa suja para lavar. Sabia que seria examinada pelo médico.

Mais tarde, ele chegou com uma maleta. Perguntou à sinhá:

— A nigrinha está asseada?

— Acredito que sim.

— Sabes como é. Esses pretos chegam infestados de pragas do continente africano. Caso queiras que cozinhe, lave, arrume ou cuide das crianças, bem sabes que precisas tomar cuidados.

— Manda chamar a Kina, Tatá.

Olhando para baixo, Shakina entrou no quarto. Curvou o corpo, como em reverência ao médico.

— Não entres, sinhá Anita — pediu o doutor.

A sinhá esperou na sala o resultado da consulta.

No quarto, o médico ordenou que Shakina tirasse toda a roupa. Ela não entendia as palavras que ele dizia, mas os gestos de comando eram suficientes. A princípio, estranhou o pedido, mas se lembrou das chibatadas de Manuel. Foi, assim, tirando a roupa lentamente.

— Vamos logo com isso. Quer que eu ajude?

A consulta se alongava, e a sinhá, do lado de fora, se preocupava, pensando se sua Kina estaria doente.

O silêncio foi interrompido pela voz rascante do médico:

— Nada de errado com a nigrinha, tirando o cabelo sarará e a gravidez já avançada.

O médico achava que todos o admiravam. Acreditava que seu humor era algo magnânimo e que ele mesmo fosse, digamos, um sujeito engraçado.

Sinhá Anita entronchou os lábios. Como o médico era boçal! Que jeito estranho de se falar da gravidez e do cabelo de alguém. Quando ele saiu, chamou Shakina para conversar:

— Estás grávida de quem?

A princípio, não tinha ideia do que a patroa dizia. Foi entender quando Anita fez o gestual e encostou as mãos na barriga.

Shakina baixou os olhos e fez cara de choro.

Anita procurou pelos olhos da criada:

— Foi à força? — perguntou, fazendo gestos bruscos.

Shakina fez que sim com a cabeça, mantendo o olhar cabisbaixo.

Anita se aproximou, fez um gesto de carinho, enxugou as lágrimas de Kina e tocou sua barriga.

— Pena que estás com a gravidez avançada. Conheço um homem que te livraria desse fardo.

Kina não entendeu bem. Anita se recriminou quando percebeu que tinha pensado como se estivesse na pele dela.

Na cozinha, Tatá e Benedita admiravam o jeito de ser da sinhá. E pensaram o quanto era oportuno que Kina não tivesse entendido a ideia de tirar um filho. Do lugar de onde ela tinha vindo, pelo que ouviam dizer, não se abortava.

— Lembra, Bené, o último que fiz?

— Sim, Tatá. Como esquecê? Você quase morreu. Não sabe a sinhá que foi do patrão.

— Nem vai saber, só se você abrir esse bocão.

— Ele não me procura porque sou veia e gorda. Tudo na vida tem suas vantagens, não é, Tatá?

Sinhá Anita entrou na cozinha e as duas pararam de conversar.

No corredor, em um fundo falso atrás do oratório, sem que ninguém visse, pegou uma revista com alguns poemas de Castro Alves. Escondido, é claro. Que o marido não soubesse de suas preferências literárias!

Os filhos estavam no gramado, vigiados por Kina. Sinhá Anita não tinha muita paciência para brincar com as crianças, preferia ler e bordar. Delegava às criadas as brincadeiras, o dar de comer e o banho. Até mesmo as histórias antes de dormir. Apesar de culta, o repertório infantil não era seu forte.

Naquela noite, o marido queixou-se:

— Não tens medo de que nossos filhos fiquem com maus hábitos?

— Que tal matricularmos os dois em um colégio interno? Afinal, não tenho tempo para contar histórias e brincar. Amo meus filhos, mas essas tarefas nunca me deram prazer, tu bem sabes disso.

— Não, minha esposa, acho que tu deves tirar um tempo, que, por sinal, tens demais, e te dedicares à maternidade.

— Vais me abandonar caso diga a verdade?

— Esposas não faltam por aí. E toda esposa que se preze precisa cuidar da educação dos filhos, em vez de largá-los nas mãos de mucamas.

A discussão ultrapassou os limites geográficos da casa-grande. Da edícula, escutou-se com detalhes o que o casal dizia, e, da senzala, os gritos foram percebidos como trovões sem chuva.

Chisulo torcia para que sua Shakina estivesse bem. Iriam se encontrar no domingo. Haveria uma festa para as pessoas negras e os senhores de engenho da redondeza. Todos assistiriam à dança dos ancestrais dos escravizados.

Na casa-grande, o senhor não quis ficar no mesmo quarto que a sinhá:

— Vou dormir com meus filhos.

A mulher foi se deitar entristecida.

A lua era um fiapo. Na edícula, Shakina sentia saudades de Chisulo. Continuava dormindo com os olhos abertos, quando foi surpreendida com a voz do senhor, num sussurro:

— Silêncio, não acordes a velha Benedita.

E deslizou a mão fria pelo corpo jovem e quente de Kina.

O cheiro dele a repugnava, e, quanto mais ela fugia, mais ele apertava sua boca. Sem poder gritar, naquela esteira dura, ela sentiu o membro do senhor entrando e comprimindo seu ventre. Pensou que talvez o filho não sobrevivesse. Apontou, com as mãos, a barriga já proeminente. Ele sequer viu.

Benedita roncava. Por testemunha, somente a coruja, com seus olhos esbugalhados.

O senhor partiu sem beijar e sem ser beijado. Vestiu as calças ao relento. Coçou-se, deixou um tanto de sífilis nas ancas de Kina. A luz do candeeiro foi acesa no quarto de sinhá Anita.

Manuel viu o senhor saindo, fingiu que não. Havia um pacto entre eles.

Em seu quarto, sinhá sentia-se culpada por não atender às expectativas do marido. Pensava: *Amanhã, ficarei com meus filhos. Trocarei os poemas dos abolicionistas por contos de fadas. Talvez leia os contos de Grimm.*

Chisulo sonhava com a festa, queria ver sua Shakina para, afinal, tocá-la. E dançar. E conseguir tocar em sua barriga. E, quem sabe, dar um nome ao pequeno ou à pequena que nasceria quando a brisa esfriasse um pouco mais.

Ainda era verão.

FOLGUEDO

OS HOMENS NESSE DIA não trabalharam. Somente as mulheres. Na casa-grande, cozinhavam para a cerimônia. Haveria feijoada para os pretos, e carneiro com arroz para os senhores de engenho e suas famílias. Comeriam separadamente. Primeiro, os patrões; depois, os escravizados, acompanhados dos feitores.

Antes do almoço, as mulheres dançariam e os homens tocariam seus instrumentos. A dança chamada de congada era apreciada. Os senhores achavam que, no dia seguinte, a produção aumentaria.

— Esses pretos ficam bem felizes aos domingos. Não é mesmo, Anita?

— Felicidade traz abundância, meu senhor.

— Parabéns, Anita. Vi que brincavas com nossos filhos. É assim que se faz.

Anita deu um sorriso de meia boca. Estava observando a dança e vendo o quanto eram intensas a música e a movimentação das crianças negras. A dança era dividida entre mulheres virgens e não virgens, isto é, as casadas ou que tinham sido abusadas.

As virgens dançavam primeiro. Evocavam, na religião primária, Logunedé. Ali, a evocação era a Santo Expedito.

— Inté o padre veio, Tatá.

— E oia como ele está oiando pra Kina, Bené.

As duas criadas conversavam e miravam Kina, que estava ao lado dos filhos da sinhá conversando com Chisulo.

E há quanto tempo não se viam... Chisulo tocava na barriga dela, não vendo a hora de pegar nos braços o filho ou a filha. Tinha um desejo imenso de possuí-la, e a via como se virgem fosse.

— *Chisulo, muene uabomuene o mukuiu ene** — disse Kina, com os olhos baixos. O rosto de Chisulo se transformou. — *Carma, Ka'kinuma*** — completou Kina, tentando confortá-lo.

Chisulo foi tocar tambor com um peso no peito. Kina deixou os filhos do patrão com Tatá e se juntou às mulheres. Rodopiaram várias vezes. Ela ficou tonta e caiu no último rodopio. Acordou e viu a cara do médico que a humilhara.

— Está tudo bem com o feto — constatou ele.

A festa já tinha acabado. Chisulo estava sem notícias de Kina, até que finalmente Tatá deu um jeito de mandar recado por Manuel. Claro, tinha um preço.

— Tudo bem com Kina, negro! — anunciou Manuel.

Preocupou-se em fazer mímica, e o recado foi dado e compreendido. Chisulo ficou mais aliviado. A rotina se repetiu naquela semana e naqueles poucos meses que faltavam para o nascimento do rebento.

---

* "Ele esfolou meu corpo."
** "Não tenha ódio."

NASCIMENTO DE ÉBANO

FOI EM CASA. A sinhá, contra a vontade do senhor, cedeu o quarto de hóspedes para o parto.

— Terás que mandar jogar fora o lençol, Anita.

— Exagero, mas, se é ordem do senhor meu esposo, será feito.

Havia um tom de ironia na fala de Anita. Decerto não iria jogar nenhum lençol fora. Bem sabia que ele não iria gravar qual fora o lençol usado. Todos eram brancos e de linho, com as barras feitas de renda, impossível cunhá-los.

Enquanto Kina paria, o senhor se preocupava. Lembrou-se da noite em que a visitara, e passou por sua cabeça a possibilidade de a criança nascer troncha. Em seu imaginário, as mulheres grávidas não podiam fazer sexo. Não sentia remorso, porém, em ter pegado Kina à força. Mas só sossegou quando escutou o choro do neném. Não queria, de maneira alguma, sentir-se culpado por ter exercido seu instinto de macho.

Aliviado, trancou-se na biblioteca para fazer as contas do quanto exportara naquele mês.

Kina deu à luz uma menina enquanto Chisulo cortava cana e enchia o carro de boi. De boca a boca, a notícia chegou ao campo na voz de Manuel:

— A bruguela está chorando. Acabou de nascer, Chisulo.

Familiarizado com a língua, Chisulo compreendia bem. Não havia mais tanta necessidade de mímicas. O destino de sua filha estava marcado para ser igual ao de outras crianças negras. Seria preservada até os oito anos. Brincaria com os filhos do senhor e de sinhá Anita.

Como Kina era mãe, foi-lhe cedida uma casa de taipa, onde moraria com Chisulo e sua filha.

Escolheram o nome da menina por conta da cor de uma cômoda do quarto da sinhá, feita de um ébano vistoso. Ébano tinha os olhos voltados para o mundo.

O casal e a pequena Ébano se mudaram. Quando Ébano adormeceu, colocaram-na em um cesto feito de palha de milho e finalmente conseguiram se olhar como no tempo em que eram livres.

A noite avançava no mesmo compasso em que seus corpos se movimentavam. Chisulo e Kina concretizaram a noite de núpcias na choupana.

O espaço resumia-se a um vão e um forno a lenha. Sem móveis e sem banheiro. As necessidades continuavam sendo feitas em latrinas externas fétidas, que serviam para adubar o pasto.

Manuel, o feitor, veio da pequena cidade portuária de Penedo carregado de compras:

— Comi um troço gostoso. Amargoso, mas bom demais. Negro, o nome é bem estranho. Jiló.

— Pode repetir?

— Jilóóóó. Estás surdo?

— *Njilo*. É bão, mas amargoso.

— Hummm. Tu plantas para mim?

— Pra tu e pra eu.

Manuel trouxe, assim, o jiló das bandas de Penedo. Chisulo plantou atrás da casa de Manuel, que não ganhava salário, assim como ele, mas tinha regalias, como uma casa de tijolos e uma pequena provisão de alimentos para o mês. Caso trabalhasse direito, não traísse o patrão e fosse os olhos dele em sua ausência era agraciado com gorjetas, que vinham na forma de presentes caros ou até mesmo em espécie.

Chisulo não gostava do senhor de engenho, ele tinha abusado de sua Kina. Por sinal, ela não lhe contava mais nada, apesar de continuar sendo bolinada pelo patrão. Não queria confusão nem causar aflição a Chisulo.

Ébano crescia na mesma proporção dos pés de milho. Brincava com Ester, filha de sinhá Anita. A menina a fazia de gato e sapato.

— Pega isso pra mim.

Caso Ébano não obedecesse, ela abria o berreiro e ia direto se queixar ao pai.

Com os olhos firmes e encarando a pequena Ébano, o senhor nem dizia palavra, mas provocava logo um choro compulsivo de medo na pequena, que sequer sabia correr.

Anita não tinha força suficiente para contrariar a filha. Muito menos Kina, que não podia se meter na briga entre as crianças.

Ester, com seis anos, e Ébano, com menos de quatro anos, brincavam juntas; já Joaquim, com oito, isolava-se e seguia a mãe para todos os lados.

— Esse menino vai virar um fresco. Vamos caçar, Joaquim?

— Deixa o menino. Por que ele te ofende tanto, meu senhor? — questionava Anita.

Depois da sesta, Kina levou as crianças para debaixo do pé de jambo para contar histórias.

— Era uma vez uma mula sem cabeça... Criança não pode ser ruim, senão a mula leva e não devorve.

Ester ficou morrendo de medo, e Ébano sorriu junto com Joaquim.

— Conta mais, Kina — pediu Joaquim, com os olhos de quem tem interesse.

— Noite de lua, a mula some. Só aparece sem lua — continuou Kina.

Os três formaram um pequeno círculo, e Kina gesticulava e usava as mãos em mímica, com os olhos arregalados. Eles se deleitaram com o som suave de sua voz. Depois da história, Kina cantou as canções de sua terra, onde a floresta era reverenciada. Ela se lembrou do pai e da mãe, e os olhos marejaram.

— Chores não, Kina — disse Joaquim.

— É que dói.

— Então vou fazer alguma coisa para não doer.

O pequeno começou a reproduzir a dança dos dias de domingo. Rebolou e soltou as mãos, imitando as mulheres virgens em devoção aos deuses.

O senhor viu de longe e não se conteve.

— Olha aquela baitola ali. Teu filho, quando crescer, vai ser um pederasta, Anita.

— Ele está brincando, é só uma criança.

— Uma criança mimada por ti o tempo inteiro, que te segue como uma sombra.

Sem segurar sua raiva, o senhor se aproximou do menino e gritou:

— Já pra dentro!

Joaquim correu desembestado, os outros saíram atrás.

— Tu, nigrinha, podes ficar com tua mãe.

Ébano, com os dedos na boca, voltou para os braços de Kina com ar de choro.

— Por hoje é só. Amanhã, nada de ficar contando essas histórias mal-assombradas para meus filhos. Entendido?

Kina sequer olhava nos olhos do senhor. Só balançava a cabeça de baixo para cima. Fez uma reverência e saiu, trêmula, em direção a seu casebre.

Da varanda, a sinhá só mexia a cabeça de um lado para o outro. Os olhos murchos, com uma ponta de indignação. *Um dia viveremos sem essas botas de austeridade*, pensava.

Demorou a entrar em casa. Passou nos quartos dos filhos. Primeiro, cobriu Joaquim; depois, visitou o quarto da pequena Ester. Rezou um pai-nosso e entrou em seu quarto. O senhor já roncava.

A poucos metros dali, no chão batido de terra, dormiam Chisulo, Ébano e Kina. Formavam um triângulo. Os trapos velhos e rasgados aqueciam os corpos dos três.

Antes de adormecer, Ébano perguntou:

— Mainha, qual o nome do senhor?

— Não sei, fia. Isso não tem importância.

OS LIVROS COMO LIBERTAÇÃO

SINHÁ ANITA PASSAVA seu tempo na biblioteca e, quando o senhor viajava, aproveitava para verificar o engenho. Havia um pacto, ninguém podia contar sobre suas incursões à senzala. Quando passou a visitar as instalações, verificou que os locais eram pouco ventilados. Pediu para Manuel contar os escravizados e especificar o número de homens, mulheres e crianças.

— Minha sinhá, o patrão não vai gostar nadinha de tua preocupação com esses nigrinhos.

— Estás doido para contar, não é mesmo, Manuel?

— Minha sinhá, tenho medo de que algum nigrinho conte, e aí eu estou perdido. Perco meu trabalho.

— Do jeito que ele é, tu achas, achas mesmo, que ele vai confiar na palavra de um escravo? Raciocina, Manuel, raciocina.

— Tive uma ideia. Posso ameaçar os escravos, o que achas?

— Como assim?

— Caso alguém fale, eu mando dar um corretivo.

— Estás dizendo... Açoitá-los?

— Sim.

— Estás louco? Nada disso. O senhor vai demorar a voltar. Foi para o Rio de Janeiro.

Manuel sentia apreço por sinhá Anita, mas estava com medo, de fato, de romper a cumplicidade que tinha com o senhor.

Na casa-grande, sinhá Anita se adiantou. Disse às mucamas o quanto gostaria de melhorar as condições de moradia e dar mais dignidade aos escravizados.

— Penso até em construir uma capela para que todos possam assistir ao culto aos domingos, depois das danças. O que achas, Benedita?

— Acho bão. Talvez alguns não queiram ir porque rezam num pé de jambo, ou até nos cajueiros. Agora, sinhá Anita, e se o sinhô não gostar? Cá pra mim, acho que ele não vai querer.

— As coisas estão mudando, Benedita. Mudando muito. Qualquer dia vou ler os versos de Castro Alves para ti.

— Sinhá, sabia que a senhora é corajosa? Tem medo de nada...

— Claro que tenho medo, Benedita. Se não tivesse, faria tudo às claras.

Manuel chamou os escravos para a beira do rio. Havia cinquenta e três mulheres, cento e oitenta e nove homens e trinta e oito crianças até oito anos.

A sinhá, então, partiu para o rio a pé. Dispensou a liteira:

— Deixe esse absurdo para quando o senhor chegar!

Baixinha, mas serelepe, ela chegou à margem do rio e viu que todos estavam ali à sua espera.

— Gostaria de melhorar as condições de vida de vocês. Ainda não lhes posso dar a liberdade, mas talvez possa tornar o fardo menos insuportável.

Um silêncio. Como se todos estivessem desconfiados. Sinhá insistiu e, de forma doce, mencionou um engenho abolicionista para as bandas do Recife. Lá, todos os escravos eram alforriados e trabalhavam por gostar.

Muitos continuaram recolhidos, constrangidos, achando que se tratava de uma falácia. Mas, para romper o silêncio, basta que alguém fale, e foi isso que aconteceu.

— Eu, Cipriano, nasci aqui e nunca saí. Não tenho registro. Pelas contas, devo ter pra lá de trinta. Bem, se possível, quero ter registro. Ah, e não gosto das algemas pra dormir. O Seu Manuel manda colocar porque me levanto pra urinar. Sei que não posso fugir, senão morro.

— Eu, aqui. Sou Betânia. Acho que tenho quarenta. Também sou daqui. Queria aprender a ler. Sou lavadeira de beira de rio. Moro na senzala. Farta escola pros meninos e pra quem já é adulto.

A sinhá prestou atenção em tudo. Depois que todos falaram, subiu no topo de uma grande pedra e disse que pretendia dar dignidade a eles, mas que temia o senhor.

— Ele não sabe dos meus planos. Espero que vocês não contem antes da hora. Minha força com ele é um pouco maior que a de vocês, mas ele é homem e eu sou mulher. Aos poucos, vou pensando estratégias para melhorar este engenho, para que todos aqui sejam menos infelizes.

Ébano, já grandinha, olhava a sinhá com admiração.

Sinhá Anita pediu à professora de seus filhos que cobrasse um pouco mais e alfabetizasse os filhos dos escravizados. A princípio, ela franziu o cenho, mas, quando viu uma turminha formando fila na frente da casa-grande, animou-se.

— Quando começamos?

— São trinta crianças e não temos um lugar adequado, mas podemos improvisar.

O local ficava próximo à casa-grande. As crianças ocuparam os bancos de madeira feitos pelos próprios pais. Iam com gosto, Ébano as seguia. Mais tarde, os filhos da sinhá, já adiantados na escola, serviam como monitores.

Quando o senhor voltou de viagem, as aulas iam de vento em popa, e ele viu a criançada toda na escola improvisada. Entrou na casa-grande esbaforido e gritando:

— Mas o que significa isso?

Sinhá Anita fechou a porta da sala para evitar que as crianças escutassem a discussão que viria.

— Pois bem, meu senhor, fizeste boa viagem?

— Sim, até o momento estava ótimo. Agora, com essa presepada aí...

— Vem aqui, precisamos conversar — disse a sinhá, sem se esquecer de dar um beijo no rosto do marido.

O senhor desviou o rosto e franziu os olhos.

— Pois bem, duas coisas. Primeiro, nossos filhos estão crescendo e precisam de amigos que acompanhem o desenvolvimento deles. Segundo, quanto mais feliz um povo, mais produtivo ele se torna.

— Tu andas lendo esses canalhas abolicionistas, Anita?

— Não são eles que dizem isso, não. É o mundo inteiro. Prova disso... Soubeste?

— O quê?

— O engenho dos Palmeiras... teve safra recorde. Lá não tem mais açoite e os negros são livres para sair, caso queiram.

O senhor estava de olho na produção, e realmente o engenho estava bem mal das pernas. O motivo de sua ida ao Rio de Janeiro havia sido tentar um empréstimo.

Ele coçou a cabeça, olhou bem nos olhos de Anita, andou para um lado e para o outro, enquanto uma borboleta relaxava nas pétalas de uma boa-noite.

— Pois bem. Achei que estavas tentando me desafiar, mas acredito que não. Queres mesmo um bom corte de seda, não é?

Sinhá sorriu por fora. Seu plano estava dando certo. Primeiro, a alfabetização das crianças; depois, dos adultos.

De longe, Ébano reparava na movimentação dos dois e viu quando a sinhá fez um aceno, como quem diz "conseguimos".

Ao menos naquele engenho, as crianças tinham um salvo-conduto no mínimo até os oito anos de idade, que, esticando, iria até os nove.

O senhor não reclamou mais das aulas. Todavia, resistia à ideia de os escravizados não dormirem mais acorrentados e ainda mais de irem ao campo sem algemas. Apesar de a safra ter melhorado e de não ser necessário pedir mais empréstimos à Coroa, achava, no fundo, no fundo, as ideias de Anita subversivas.

— Não sei quais as tuas verdadeiras intenções... mas reconheço que está dando certo.

— Guia-te por mim.

O senhor não tinha faro para o negócio. Apesar de Anita ser mulher, ele sabia que as horas passadas na biblioteca poderiam lhe servir para alguma coisa.

As noites continuavam iguais para ele. Não sentia nenhuma atração física pela esposa. Esperava o primeiro ronco dela para procurar Kina, que dormia na casa-grande, ora para pernoitar com um dos filhos adoentados do senhor, ora para render alguma outra escravizada. Era ela que ele desejava.

AS CICATRIZES

A PEQUENA ESTER estava dormindo, mas volta e meia abria os olhos para ter certeza de que Kina estava ali.

Enquanto Kina cochilava na beira de um banco ao pé da cama da menina, o senhor chegou à meia-luz de um candeeiro que ficava na mesa de cabeceira. Ele tapou a boca de Kina, buscou suas nádegas. O rosto da pequena Ester lembrava o da santa que permanecia iluminada no corredor, entre o quarto de Anita e o de Ester.

Sem preparo, sem aviso, sem beijo, o senhor dominou Kina, ejaculou. Sentiu cheiro de sangue e, embriagado de ódio, perguntou:

— Estás com as regras?

A resposta óbvia veio com o balançar da cabeça. Abrupto, ele soltou Kina dos braços e saiu desembestado, tropeçando em frente ao altar onde Nossa Senhora se encontrava.

No chão, Kina chorou. A lua quase inexistente a fez se lembrar da mula sem cabeça, e torceu: *Bem podia o senhor ser apanhado por ela antes de chegá no quarto em que a sinhá descansa.*

Não se sabe se foi Nossa Senhora ou o deus de Kina, mas que o senhor tropeçou em plena madrugada no sapo que o aguardava, tropeçou.

85

* * *

A rotina matinal da casa-grande foi interrompida pelo grito estridente de uma mulher. Ela não era do engenho e chegou ensanguentada, com os pés descalços, as roupas rasgadas e olhando para trás. Sinhá Anita, Benedita, Kina e as crianças, entre elas, Ébano, correram para ver o que estava acontecendo. A escravizada chorava e, de joelhos, clamou:

— Misericórdia, compra eu, sinhá, compra.

Manuel chegou com sua chibata, que há tempos não usava, e foi logo dizendo:

— O que tu fizeste, nigrinha?

— Num trepei, feitor. Foi isso. E por isso ele quer me matar, porque contei tudo pra mulher dele. E contaria tudo de novo. Ele me obrigou, e eu fiz a pulso.

Sinhá Anita, aproveitando que o senhor não estava, acolheu a mulher e a levou para dentro de casa. Logo depois de a escravizada se acalmar, disse que tentaria comprá-la, mas que não seria tarefa simples.

— De qual engenho tu vens?

— Do comendador, sinhá.

— E foi o comendador que fez mal a ti?

— Si quiser, te conto...

— Vai te fazer bem contar?

Sinhá Anita não percebeu que Ester, Joaquim e Ébano estavam escutando.

— Ele esperou a sinhá dormir pra depois me atacar. Foi isso. Lá pelas madrugadas me pegou por detrás. Filho de uma muléstia, é isso que esse miserável é. Aí eu gritei, o mais que pude. Mesmo assim, ele tapou minha boca e fiz a pulso.

Ébano arregalou os olhos e, sem querer, como quem fala sozinha, disse:

— Fez muito bem.

Sinhá Anita percebeu a presença dos três e, com a voz calma, olhou-os bem nos olhos:

— Finjam que não escutaram essa barbaridade. Infelizmente, não podemos fazer nada contra o comendador, a não ser comprá-la. Afinal, ele terá medo de que sua fama chegue aos engenhos.

Depois de ter tomado banho e vestido roupas velhas, mas ainda boas, de sinhá Anita, a mulher molestada foi ajudar na cozinha.

O senhor estava no campo checando o desempenho dos escravizados e veio com as botas meladas de barro. Quando ele chegava acompanhado de Manuel, as escravizadas da casa-grande gelavam. Ficavam enfileiradas para cumprimentá-lo. Ele entrava e elas iam atrás. Sentava-se na cadeira de balanço e, sem dizer palavra alguma, posicionava a bota na altura da coxa de Kina, a primeira da fila, que, a todo custo, tentava tirá-la. Sem o apoio de outra criada, a tarefa era impossível. As botas eram pesadas pela quantidade de barro, tinham um aspecto cimentado. Retiradas as botas, ele acenava como quem enxota mosquitos e moscas. Com o olhar voltado para o chão, elas saíam caladas. Entre elas, Kina permanecia no mesmo lugar, continuava no raio de visão do senhor e era a única que ele pedia para ficar.

Caso percebesse que sinhá Anita não estava por perto, ele acenava para Kina ficar e se sentar em seu colo. Nesse dia foi assim. Sinhá Anita estava em seus aposentos se preparando para falar sobre a escravizada abusada pelo comendador e a desnecessária necessidade de uma nova cozinheira. Kina, a contragosto, sentou-se no colo do senhor. Ébano a espiava, sem perceber o que acontecia. A escravizada recém-chegada, ainda marcada por feridas, também espiou. Impetuosa, balançou a cabeça inúmeras vezes, até que foi repreendida por Benedita:

— Deixa disso. Não é da tua conta, cada um é cada um. Oia, tu está dependendo da boa vontade da sinhá. Cala o bico.

Ébano pousou os olhos nos cajueiros carregados de frutos macios e vestidos de uma cor única, próxima ao amarelo, que se aproximava da cor das bochechas de sua boneca. Saiu da sala sem emitir ruído e se foi em direção ao cajueiro, à procura das estrelas, que já davam o sinal do início da noite.

Kina fez de tudo para não contar a Chisulo, mas ele percebeu que ela estava evitando conversar e desconfiou que o senhor poderia ser o motivo.

Na sala de estar, sinhá Anita contou ao senhor sobre a nova escravizada, que esperava agoniada na cozinha. Em reposta, ele frisou:

— Deve ser indomável essa nigrinha!

— O comendador a estuprou — protestou sinhá.

— É o que ela conta, não é?

— Se tu a vires, vais ter pena. Um resto de mulher.

— Pois, bem, traga-a aqui.

A sinhá retornou com a escravizada que, ao contrário da maioria, não se curvou diante do senhor.

— Me chamo Maria.

— O que fizeste?

— Se tivesse feito, ele não tinha me esfolado. Oia aqui, oia!

Maria apontou para baixo e para a região dos seios, que estavam com os bicos esfolados e ainda sangrando. O sangue dela manchava o pano branco. A face, a única parte exposta, estava inchada e marcada por arranhões e manchas roxas.

Diante do olhar de sinhá Anita, o senhor se compadeceu.

— Nenhum homem pode fazer isso com uma mulher, nem com uma escrava — disse o senhor.

— Verdade, meu senhor, verdade — disse sinhá Anita, com os olhos ensopados.

Maria se lembrou da cena vista havia menos de uma hora: Kina no colo do senhor. Respirou fundo para não falar nada. Lembrou-se de Benedita e do conselho.

— Pois bem, vou falar com o comendador. Ele vai querer te vender. Deveria te dar... Imagina, se todo mundo souber, ele vai ter problema com a consorte – afirmou o senhor.

— A esta altura, seria uma má sorte — disse sinhá Anita.

Maria saiu, como quem brinca de amarelinha, e, distraída, tropeçou na boneca largada por Ébano. Caiu de bruços e os bicos dos peitos tornaram a doer.

Enquanto isso, no casebre, Ébano dormia afastada do pai e da mãe, não sentia mais falta da boneca. Antes de dormir, perguntou aos pais:

— Quanto tempo faz para eu completar nove anos?

— Dois anos, minha fia — responderam juntos.

— Que bom!

Maria foi comprada a bom preço. Costureira, passou a viver de remendar e até de bolar vestidos.

Ébano andava apreensiva, contando o quanto lhe restava de liberdade. Não sabia ela que a sinhá também se preocupava.

A sós com a professora, sinhá Anita pediu para cobrar mais de Ébano, porque percebia que ela se destacava dos demais. Realmente, a menina superava as expectativas. Além de ler e contar, gostava de escrever e tinha uma letra bem legível, ao contrário dos filhos da sinhá.

Quando a sinhá estava na biblioteca, ela se aproximava e ficava a seu lado, quieta. Fez isso umas duas ou três vezes, até o dia em que a sinhá lhe entregou um pequeno livro de Casimiro de Abreu.

— Lê para mim.

A princípio a menina ficou apreensiva, mas se aventurou e recitou o início do poema:

— "MEUS OITO ANOS/ Oh! Que saudades que tenho/ Da aurora da minha vida,/ Da minha infância querida/ Que os anos não trazem mais!" Puxa, vou ter mesmo.

A sinhá se impressionou com o poder de interpretação de Ébano.

— Estuda muito porque terás futuro, apesar de tudo e todos estarem contra ti.

Essa parte Ébano fazia bem, precisando só de um belo empurrão, que seria dado dois anos depois por sinhá Anita.

Os cajueiros cresciam e os frutos começavam a dar em cachos. Ébano se transformara em monitora, e levava jeito. Com aparência de mais velha, já se interessava pelos poemas de amor de Casimiro de Abreu. Sinhá Anita lhe deu permissão para entrar na biblioteca, que se transformou no lugar onde mais gostava de ficar. Os filhos da sinhá não brincavam mais. Não ficariam mais na fazenda. A menos de três meses para dezembro, iriam, no ano seguinte, para o colégio interno.

Na ausência dos filhos, a sinhá depositaria toda energia na pequena, que agora não se sentia mais criança. Madura, discutia livros e trocava impressões.

Na véspera de completar nove anos, Ébano menstruara. Quieta, tinha como certo seu destino: igual ao da mãe, de Benedita e das outras escravas. Serviria para cozinhar, lavar, limpar ou costurar. Dos quatro, torcia para costurar. Em seus sonhos, ela pegava uma agulha bem fina e se defendia dos possíveis assédios do senhor.

Quando Ébano completou nove anos, recebeu uma ordem de sinhá Anita.

— Ébano, chama tua mãe e manda chamar teu pai, que, a esta altura, deve estar no campo.

— Aconteceu algo grave?

— Não, mas preciso falar com vocês.

91

Sem questionar, ela cumpriu as ordens de sinhá. Os três não demoraram a chegar, curiosos sobre o que seria dito.

— Bem, tive uma ideia e já providenciei os papéis. Quero alforriar Ébano. Ela ficará no lugar da professora. O senhor deixou, será uma boa economia.

— Mas eu não sei se consigo sozinha.

— Este ano, a professora continuará vindo. No ano que vem, assumes.

Os rostos dos três se iluminaram. Chisulo e Kina a abraçaram e pediram autorização para abraçar sinhá Anita.

— Venham todos!

Os quatro se abraçaram, mas Chisulo se constrangeu.

— Estou fedendo a cebola podre!

O senhor não viu a cena. Nem poderia ver, jamais.

— Ah... Não posso esquecer. Caso queiras sair do engenho, avisa com antecedência, para que arrumemos outra professora. E ficarás incumbida de formar novas professoras-mirins. Ninguém é eterno.

— Entendi o recado! — disse Ébano.

MARIA ANTONIETA DA NÓBREGA TORRES

MARIA ANTONIETA da Nóbrega Torres fazia questão de não abreviar seu nome, tinha orgulho de sua linhagem: *Vim dos tempos dos barões e das baronesas. Meus talheres de prata são relíquias, e estas empregadas só os estragam, não os valorizam*, pensava.

Foi morar no estrangeiro e, por lá, arrumou um homem tão rico quanto ela, ao menos na aparência – Tadeu. Rodou a Europa inteira, incluindo Portugal, terra de seu trisavô. Dominava várias línguas, gostava das roupas de grife e dos perfumes assinados por estilistas.

Depois de ter conhecido a Europa, o casal voltou ao Brasil em 2015 e se instalou em uma grande cidade. Maria Antonieta era formada, mas nunca quis trabalhar, vivia de renda. Tinha por sonho ter vários filhos: *A linhagem não pode morrer*. Mas não conseguia engravidar. O sonho do herdeiro ia se esvaindo com o passar dos anos.

Já instalados, ela e Tadeu foram convidados por um casal amigo para provar o vatapá da cozinheira deles. O marido gostou da ideia. Vatapá era um prato de sua infância:

— Vamos, meu bem, para a casa dos Tavares.

— Prefiro não ir. Não gosto de vatapá.

Logo em seguida, Tadeu murmurou baixinho:

— Vai pegar mal não ir e, ainda por cima, ele está me propondo uma sociedade.

— Por que não me disse logo? Nesse caso vamos, né?

Enquanto Tadeu tomava banho, Maria Antonieta vestia-se de Chanel. Muito elegantes, desceram a longa escadaria de madeira e se depararam com Amanda, a empregada, e o gato Matias.

— Boa noite, senhor. O senhor tá com pressa?

— Não, pode falar.

— Meu bem... depois, Amanda — interrompeu Maria Antonieta.

— Aliás, dona Maria Antonieta, a conversa é com a senhora também.

— Me livra dessa, me livra!

— Vou falar rapidinho... É que estou precisando de uma grana.

— Já começou... É assim, né? Primeiro um dedo, depois a mão, e por último o corpo inteiro.

— Isso são modos, Maria Antonieta? — Tadeu mostrava seu desagrado quando chamava sua "Toninha" pelo nome de batismo. Mas ela gostava de ser chamada daquele jeito, e isso ele parecia não saber, apesar dos cinco anos de convivência.

Tadeu não conhecia os pais da mulher; o casamento acontecera em uma capela na Toscana, em cerimônia privada. A única pessoa da família que ele conhecia era a avó de Antonieta.

— Amanda, de quanto você precisa? — perguntou Tadeu.

— Mil reais adiantado. Pode deixar que vou pagar tudinho, é só descontar.

— Fechado. Amanhã eu transfiro para a sua conta.

Foram para a festa. Maria Antonieta, de cara amarrada, sentia-se desprestigiada e bufava por dentro. Logo se depararam com a roda de conhecidos. Ela bebeu a mais. O papo rolava e, depois de algum tempo, se deu conta de que Tadeu tinha sumido.

Partiu à sua procura e não foi difícil achá-lo na cozinha, conversando com a empregada dos Tavares. Descontraído e sorridente, estava pegando a receita da entrada que acabara de provar.

— O que você está fazendo aí com essa...

— Prazer, senhora, me chamo Gertrudes.

— Já estou indo, meu bem.

Os dois saíram juntos da cozinha. Tadeu quis pegar na mão da mulher, mas, de pronto, Maria Antonieta recusou.

— Trocar-me por uma *neguinha* dessas? Que falta de gosto!

Gertrudes não escutou. Tadeu pensou: *Ainda bem; em pleno século 21, é crime chamar alguém de neguinha.*

Foram para casa calados. Tadeu estava com o olhar e a cabeça bem longe.

Ao chegar, foi diretamente à cozinha beber água, mas a mulher o surpreendeu dizendo que aquele copo que ele pegara era de Amanda:

— Esqueceu? Nossos copos são os outros.

— Não vou morrer se tomar nesse copo de geleia. Está limpo.

Jamais percebera que os pratos eram separados por terem frisos dourados. Tadeu não entendia a concepção de separar pratos, talheres e copos.

No dia seguinte, ele saiu para trabalhar e a deixou dormindo. A rotina de Maria Antonieta era bem diferente da dele. Acordava tarde, bem tarde. Ia à massagista, à manicure, ao pedicuro e ao cabeleireiro. Depois, às compras. Gastava muito. Continuava vivendo de renda, até que recebeu um telefonema do arrendatário de suas terras:

— Este mês não será possível depositar. Cortaram o subsídio da cana-de-açúcar. Acredito que no próximo mês eu consiga depositar os dois meses de uma vez.

— Isso nunca aconteceu antes, mas entendo.

Ela desligou o telefone. Logo em seguida, ligou para Tadeu:

— Deposita pra mim, meu bem?

Ele já não aguentava mais ouvir a voz dela. Disse logo que sim.

A conta era alta para ela se sentir bonita. Tão grande quanto o mar que se via de sua janela defronte à praia de Boa Viagem, imprópria para o banho devido à presença de tubarões.

Maria Antonieta ouvia com estranheza a vizinha ao lado dizer o quanto amava sua empregada, já que tratava

Amanda de um jeito pouco carinhoso, sequer saía do quarto. Ligava para a cozinha e, em tom arisco, perguntava se o almoço estava pronto. Em seguida, perguntava se havia ovo:

— Amanda, prepare um bife para mim e ovo para você.

— Mas eu não aguento mais comer ovo, dona Antonieta.

— Não reclame. Já viu o preço da carne?

Isso acontecia todos os dias.

Amanda fora trazida do sertão para o Recife. A nona de dez filhos não conhecera os irmãos porque todos foram dados pela mãe. Aos quinze anos, veio encomendada para trabalhar para o casal.

No fim da tarde, o telefone, que nunca tocava, soou:

— Dona Antonieta, telefone. Vou passar pro quarto.

— Alô!

— Não vou jantar. Vou fazer serão — informou Tadeu.

— Obrigada por me avisar, meu amor — respondeu ela, sem questionar muito.

Desligou o telefone lembrando-se da mãe, que dizia que mulher devia aguentar. Do contrário, ficaria ao deus-dará.

Ser descendente da única baronesa do lugarejo de seus ancestrais era motivo de orgulho. A louça de família era tratada por Amanda com muito cuidado. Muitas vezes ouviu a patroa gritar:

— Amanda, cuidado para não quebrar!

A semana passou e Tadeu continuava sem voltar para casa. Maria Antonieta parecia não se importar. Trancava-se no quarto e ia limpar as moedas presenteadas pelo pai na adolescência. Moedas do mundo inteiro. Do mundo inteiro que já conhecia.

As folhas caíram. Flores novas brotaram.

Na manhã em que Tadeu voltou para pegar seus objetos pessoais, Maria Antonieta se surpreendeu com ele tomando café na mesa da cozinha. Um homem livre e feliz com as malas prontas.

— Meu bem, o arrendatário não me pagou.

— Então que tal a senhorita trabalhar?

— Nunca trabalhei na vida. Você já me conheceu assim.

— Sim, claro, descendentes de baronesas e barões não trabalham. Diferente do idiota aqui, não é mesmo, que trabalha desde os treze anos?

Tadeu terminou de tomar o café sem dizer palavra, leu o jornal e sequer a olhou nos olhos. A mesmice se instalara de vez.

Ela subiu as escadas da cobertura, ainda em jejum, com seus chinelos feitos de lã de carneiro que contrastavam com o robe preto de seda.

— Amanda, faz um chá para mim? Estou com enxaqueca.

Tadeu ficou na cozinha falando ao celular com a secretária. Quando percebeu que Antonieta estava longe, disse:

— Eu não aguento mais, vou me separar.

Amanda escutou. Viu-se longe da casa, indo com ele.

— Eu vou com o senhor, senhor Tadeu.

Tadeu ficou vermelho e falou, em tom confidencial, quase sussurrando:

— Amanda, fique calada. Sei que você vai adorá-la. Ela toma água em copo de geleia e agradece.

Tadeu esperou Maria Antonieta dormir. Saiu com a roupa do corpo, sem deixar bilhete ou mensagem no celular.

Amanda recebeu uma mensagem de Tadeu: "Peça demissão! Amanhã procurarei um advogado para tratar do divórcio e quero que você venha trabalhar para mim. Sua comida é fantástica."

Maria Antonieta acordou com a cara inchada, como quem chorara, sentindo a falta do cheiro e da presença de Tadeu.

— Você viu o Tadeu, Amanda?

— Não, senhora.

— Acho que ele foi embora. Não levou nada, mas...

Tadeu realmente não apareceu. A temporada de chuva passara e as patas-de-vaca começavam a brotar. Maria Antonieta deixou de cobrar a dívida, mas outro mês já estava vencendo. Mais um mês sem renda, obrigando-a a entrar no closet e começar a separar as joias. Recebeu um aviso do serviço de apoio ao crédito, estava devendo as contas e a situação começava a ficar insustentável. Até ligou para um amigo influente:

— Estou com vergonha, mas vou fazer um pedido de emprego. Teria como me arrumar um trabalho na Câmara Cível? Posso ser assessora do desembargador.

— Infelizmente, as regras mudaram. Agora, só mediante concurso público. Isso é coisa do passado — respondeu o amigo.

Amanda esperou a patroa terminar a ligação e, sem dó, pediu demissão:

— Dona Maria Antonieta, quero pedir minhas contas.

— Vai me abandonar, justo agora? Ingrata, você!

— Dona Antonieta, eu não recebo faz dois meses.

— Sabe que o Tadeu me deixou, não é mesmo? E que está bem difícil: o país, a economia...

— E o que eu tenho com isso, dona Antonieta?

— Está abusada de tudo. Pois bem, pode ir embora.

— Mas a senhora não vai me pagar?

— Como, sem dinheiro? Caso me paguem, eu pago a você. Procure o Tadeu, ele tem dinheiro.

Amanda ficou com o olhar pasmo.

— Vou arrumar minhas trouxas.

Desesperada e sem dinheiro, Maria Antonieta teve que tomar as rédeas da própria vida. Funções antes delegadas passaram a fazer parte da rotina: cuidar da louça, da roupa e da arrumação da casa.

Ligou para a avó. Não queria falar com a mãe, porque fatalmente iria culpá-la.

— Vó, Tadeu foi embora. E até a Amanda se foi. O que eu faço?

— O que todo mundo faz, minha querida. Hora de batalhar!

— A senhora está sabendo, né? Não temos mais arrendamento.

— Sim, minha neta. Tenho minhas economias — informou a avó.

— Seria tão bom se eu tivesse cidadania europeia! Eu bem que iria embora deste país.

— Primeiro, minha neta, procure trabalho. Você fala várias línguas e concluiu dois cursos superiores. Tenho certeza do seu sucesso. É só uma questão de acreditar. E, além disso, a cidadania só é dada para filhos e netos de portugueses. Eu não pedi a minha nem tenho vontade de pedir.

— Mas nunca trabalhei, vó. Não tenho ideia de como começar algo que nunca, nunca mesmo valorizei. Sempre me disseram que o trabalho era supérfluo. A senhora não pediria sua cidadania europeia para que eu consiga a minha depois?

— Claro que pediria, minha neta, mas tenho para mim que dá uma trabalhadeira danada, porque meu pai nem sabia ao certo a idade com que o pai dele veio para cá. Nem registro se tem. E nunca é tarde para batalhar. O Brasil é lindo. Que tal você procurar o escritório dos Andradas? Comece como aprendiz, mas comece.

— Não posso me sujeitar a isso, vó.

— Sua mãe a criou mal, mas tenho certeza de que encontrará seu caminho. Não tem nada de mais em começar como todo mundo começa.

Maria Antonieta desligou o telefone em visível estado de consternação. Procurar o escritório dos Andradas era uma humilhação e, ainda por cima, sujeitando-se à função de aprendiz. Era dizer ao mundo todo e a ela própria que precisaria se humilhar para conseguir um trabalho aos trinta e nove anos.

O gato Matias se aproximou de Maria Antonieta pela primeira vez.

— Tadeu esqueceu você aqui — disse em um tom desolado.

Matias miou e chegou mais perto. Ela o pôs no colo e o ninou. Adormeceram abraçados, pouco sentiram a brisa aconchegante e a nesga da lua a colorir o céu.

O interfone a acordou. Um cobrador da empresa de fornecimento de energia fez questão de entregar a conta pessoalmente. O atraso de dois meses poderia ensejar um corte abrupto.

Sentiu mais do que nunca que a avó estava correta. Venceu a preguiça e se debruçou sobre a mesa redonda do escritório de Tadeu, que agora parecia imenso em sua ausência. Elaborou um currículo e, logo depois, enviou-o por e-mail para várias empresas.

Quando estava mandando mensagem para o último contato, escutou o celular tocar. Desejou que já fosse uma resposta ou, quem sabe, Tadeu arrependido.

Com desgosto, escutou a voz do homem que arrendava suas terras:

— Sem chance de mandar dinheiro este mês, Maria Antonieta.

— Vou querer minha terra de volta, então. E o resto você me paga na Justiça.

— Vou logo avisando: a situação por aqui está periclitante. As usinas de açúcar faliram.

— Quer dizer, então, que é melhor ficar com você sem me pagar do que retomar minhas terras?

— Isso mesmo que a senhora escutou. A qualquer momento a situação pode melhorar. Mas fique à vontade.

— Mas você acredita que vai melhorar?

— Eles cortaram o subsídio da cana...

— Então, certamente, não. Não entendo nada de política, mas, pela lógica...

— Este novo governo está comprometido com os ruralistas — informou o arrendatário, confiante.

— Mas se cortaram o subsídio, como fica?

— Acredito que nos reergueremos sozinhos. Não haverá pleno emprego, e as regras do trabalho ficarão mais frouxas.

A situação do Brasil realmente estava mudada. O desemprego vinha atingindo índices altíssimos e a desesperança era evidente. Os negócios da família continuavam devagar e o arrendatário não conseguia sequer um financiamento para honrar sua dívida.

Desligado o telefone, Maria Antonieta providenciou a baixa de parte de suas aplicações financeiras. Precisava pagar a luz para evitar o corte. E ainda havia o gás e a água. Não esquecera a dívida com a empregada. Não queria ser surpreendida com avisos da Justiça Trabalhista.

Tadeu sumira, de fato. Sem saber onde estava o seu provedor, recebeu da vizinha a notícia de que ele estava morando com uma mulher bem mais nova. A fala da vizinha a atormentou por uma semana, afinal escutar que "ele está usando umas roupas esfiapadas e vivendo como um adolescente apaixonado" não era algo a ser digerido de forma fácil.

Maria Antonieta pagou as contas e logo que pôde ligou para Amanda para acertar a dívida:

— Amanda, sou eu. Venha receber sua rescisão.

— Precisa mais, não. O senhor Tadeu me pagou.

— E...? Desembuche, Amanda!

— Bem, a senhora não vai ficar chateada, né? Bem, ele assinou de novo minha carteira.

— Como pôde? Não sei quem é pior, você ou ele!

— A vida está difícil, né, dona Antonieta?

— Está perdoada, mas essa nunca vou esquecer. Eu te trouxe lá do quinto dos infernos, e você me agradece dessa forma?

— Vou dar um pulo aí. Mesmo a senhora me maltratando, eu até que gosto da senhora...

Maria Antonieta desligou o telefone com os olhos baixos. Fez uns cálculos. Viu que poderia viver com o valor sacado por mais dois meses e que o restante de suas reservas lhe daria uma sobrevida de seis meses.

A realidade a incomodava. Ela não sabia como lidar com as adversidades. Não se sentia preparada para viver, muito menos conviver, com a nova rotina. Depois de falar com a avó e ouvir que a psicoterapia poderia ser um bom caminho, sentiu vontade de ao menos tentar uma consulta. Estava amargurada, impotente, solitária, improdutiva e infeliz.

O INÍCIO DA TERAPIA

NO DIVÃ, COMEÇOU a perceber que nunca tinha lavado uma louça, nem cozinhado, muito menos limpado um banheiro. Todo seu estilo de vida era resultado da educação que tivera, que a imobilizava diante da realidade. Tanto o pai quanto a mãe valorizavam a beleza e o status. Ela crescera achando que ser bela e ter relacionamentos com pessoas endinheiradas era o caminho normal e necessário a seguir.

Sim, Maria Antonieta era uma bela mulher. Mas o frescor da juventude tinha ido embora, e os traços da maturidade eram facilmente percebidos em seu rosto balzaquiano.

Sem ideias e com as contas chegando à caixa de correio, ela se surpreendeu com uma notícia de jornal: "Bisnetos e trinetos de portugueses podem conseguir a cidadania, caso comprovem sua descendência."

Leu a reportagem inteira. Portugal precisava ocupar o território, e suas chances aumentaram. Lembrou-se de que o trisavô viera de Portugal. Caso comprovasse sua origem, conseguiria a cidadania portuguesa.

A vida por lá é bem mais tranquila, pensou, acompanhando a fantasia da maioria dos brasileiros descontentes que supõem que viver em outro país seria mais fácil.

PARTE II

O AGRESTE

JOSÉ E TOBIAS APEARAM em uma pequena vila. Para chamar os primeiros fregueses, tocaram um sino. Não demorou muito para as pessoas se amontoarem e começarem a se interessar pelas mercadorias, que iam desde acessórios para mulheres a utensílios domésticos.

— Hoje o movimento está bom, creio que venderemos muito. Um bom jeito de começar, não é, José? — disse Tobias.

— Minha primeira venda, de muitas que virão.

O vozerio na praça era estrondoso, e a intuição de Tobias se concretizou, ao menos por doze horas. Conseguiram a proeza de vender quase toda a mercadoria e, em vez de avançarem na viagem, teriam que voltar para prestar contas a Henrique e reabastecer o estoque.

Na vila, não havia pousada, por isso tiveram que dormir ao relento. Escolheram a praça por conta das árvores e da proximidade com o mar, que davam ideia de aconchego e bem-estar. O silêncio só era quebrado pelo gorjeio dos atobás-pardos, que tomavam banho de mar em plena noite de lua cheia. Sua penugem terrosa contrastava com o reflexo prateado da lua e a areia branca da praia.

José, em sono profundo, dormia no pé de uma amendoeira em que os dois cavalos estavam amarrados.

Tobias estava na árvore ao lado. O cocheiro ressonava no banco da charrete.

O cansaço era extremo. Um bando silencioso furtou as maletas e todo o dinheiro sem que ninguém acordasse. Mesmo os cavalos só levantaram depois que o sol estava quente.

— Ora, pois, deixei todo o dinheiro dentro de uma maleta. Não a estou encontrando — reclamou José.

O cocheiro Arlequim, Tobias e o próprio José vasculharam toda a carruagem. A maleta com o dinheiro e as bagagens de cada um tinham sumido.

O cocheiro apontou o anelar em direção à estrada.

— Espiem para lá. São pegadas.

— Vamos ao distrito dar parte? — perguntou José.

— Não vai adiantar nada — respondeu Tobias.

— Acho que deve ser um bando de índios famintos — disse o cocheiro Arlequim.

— Temos sorte por estarmos intactos — comentou Tobias.

— Intactos, mas sem eira nem beira. Sem roupa para trocar e sem dinheiro para comer — destacou José.

Muito mais pela insistência de José, foram ao distrito dar parte. O inspetor de polícia, a princípio, foi atencioso:

— Pois bem, façamos o registro da ocorrência.

Os três assinaram o registro e, por fim, José perguntou se havia suspeita de quem teria sido, e se era comum isso acontecer.

— De uns tempos para cá, temos visto muitos desses casos aqui. Sabemos até quem são.

— E por que não os prendem?

— Por quê, hem? — entoou o delegado, com ar irônico.

— José, melhor deixarmos de lado — disse Tobias.

— Deixar de lado? Claro que não. Exijo uma resposta.

Tobias e o cocheiro Arlequim coçaram a cabeça. Preferiam estar de fora, a caminho do Recife. Mas estavam ali, por conta da teimosia do jovem José.

— Menino teimoso, hem? Queres saber o porquê? Bem, vou falar uma vez só e depois tu finges que não escutaste. Se me perguntarem, eu nego. Nós não temos gente para realizar as prisões. Estamos sem homens. Em que mundo vives? Os homens estão na fronteira, rapaz, lutando contra o Paraguai.

— Ah... E o que vocês conseguem fazer por aqui?

— Só briga de vizinho, rapaz. Toma tenência e reza agradecendo por não ter sido desovado por esses índios famintos.

Lá fora, a paisagem convidava para apreciarem o tom verde-esmeralda do mar. José encontrou alguns réis no bolso da calça, o suficiente para conseguirem retornar ao Recife.

A SEGUNDA CHANCE

JOSÉ RETOMOU A VIDA no Recife. Henrique encomendou novas mercadorias, que demorariam em torno de um mês para chegar. O Recife continuava com os mesmos problemas sanitários, e em vários pontos o rio Capibaribe fedia a bosta. A cólera e a peste bubônica tomavam leitos e os hospitais estavam lotados de doentes.

Marina estava sofrendo com as consequências da peste, pois não via o noivo, barbeiro, há tempos. Ele se infectara e estava isolado.

No solar de Henrique e Sara, as festas e recepções ainda aconteciam. Avisado de que haveria um coquetel especial com a presença do barão de Jequié e de sua família, José continuava apreensivo com o que diria caso perguntassem detalhes sobre sua origem. Ele não queria ser visto como um filho desnaturado. Ter abandonado o pai o incomodava, mas talvez não fosse a hora de procurá-lo e chamá-lo para vir morar no Brasil.

Sonhava em ter uma loja para o pai tomar conta. Com a ajuda de Henrique, poderia realizar esse sonho. No momento, ele não tinha nada no bolso. *Quando tiver, mandarei dinheiro para o meu pai e, depois, o trarei para o Brasil*, imaginava.

Seus pensamentos foram cortados pela voz doce de Sara:

— Filho, acho que a filha do barão gostará muito de revê-lo. Ela já está uma moça!

José sorriu de soslaio e cochichou:

— Bem sei que está, mas virá acompanhada dos pais, que estão sempre a vigiar!

Ao vê-la no coquetel, constatou que não estava enganado. Os pais tinham vindo.

— Tu bem que cresceste alguns centímetros — disse-lhe José.

Desconcertada, Isadora fingiu não escutar. O jantar transcorreu com o foco voltado para as fronteiras. A Guerra do Paraguai e as baixas eram motivo de preocupação.

— Por lá, a matança toma proporções sérias. O país é pequeno, não tem tantos homens assim. Atravessará sérios problemas com a guerra — ponderou Henrique.

— Será esta guerra necessária? — perguntou José.

Ansiosa para responder que não, Sara lembrou-se de que estava fingindo ser alguém que não era: uma mulher submissa, como era exigido e esperado que fosse. Se estivesse a sós com Henrique e José, sua fala seria: "Claro que toda guerra é desnecessária."

— Meu caro, eu lutei em outros conflitos. Por isso ganhei esta comenda. Se não fosse necessária, eu não estaria aqui e minha filha não teria te conhecido — disse o barão.

O constrangimento de Isadora ficou evidente, a ponto de ela pedir licença, se levantar e seguir até a janela da sala. José também se levantou e foi a seu encontro:

— Não ligues para ele, não.

De Isadora, ele escutou:

— Ainda brinco de bonecas, sabias?

— Aproveita tua infância, porque eu mesmo nunca vivi a minha.

Ainda sentados, Henrique e o barão continuaram a conversar.

— A Revolta do Ronco da Abelha foi controlada graças à guarda nacional, não é mesmo?

— Sim. A população foi contida. Já imaginou se conseguisse tornar o Nordeste independente? Que trágico seria! Quanto ao conflito no extremo Sul, acredito que ganharemos a guerra. A Missão Pedro Ferreira de Oliveira não foi cumprida. Desde 1855, nossos navios não trafegam nas águas do rio Paraná.

— Sim, o Paraguai não está cumprindo o tratado, e os rios Paraná e Paraguai continuam sendo trafegados por embarcações exclusivamente paraguaias.

Da porta da cozinha, Marina pensava o quanto o mundo dos homens de negócios é chato. Bom mesmo devia ser estar na pele dos jovens Isadora e José, que bem poderiam assumir um compromisso, pegarem um na mão do outro e se beijarem.

Naquele resto de noite, José demorou a pegar no sono. Ele tinha dezenove anos de idade e ela, catorze. Adormeceu imaginando a si mesmo no futuro, ao lado daquela moça bonita, cheio de filhos. Mas muita coisa ainda estava por vir. Antes, ele precisava andar com as próprias pernas. Depois, chamaria o pai e, aí sim, poderia se casar com a filha do barão ou, quem sabe, com outra mulher.

Isso tudo sem ter dado um beijo sequer.

NA ESTRADA

OS TRÊS PARTIRAM ARMADOS. O sol nem despontara dando lugar à madrugada, e o fiapo de lua que iluminava o mar tornava-o algo próximo a um papel celofane verde-esmeralda. Saíram com a carruagem cheia de mercadorias em direção a Camaragibe.

Dois dias se passaram até que chegassem à vila repleta de engenhos de açúcar. A pequena praça era o lugar para mostrarem as mercadorias. Antes, José tivera a ideia de soprar um berrante cujo som chegara aos engenhos próximos.

Por conta do baixo valor, as sedas e os colares eram vendidos rapidamente. Já as pratarias eram compradas principalmente pelos senhores de engenho.

Depois de um dia de trabalho, José perguntou para Tobias se São Miguel dos Campos ficava longe.

— Sim, muito longe. Se chegares lá, vais ter que ficar. Melhor fazeres um pé de meia para depois ires.

— Sabes quanto tempo dura a viagem?

— Uns cinco dias sem dar muita trégua para os cavalos. E todos nós pegando um pouco, senão o Arlequim não aguenta.

— Hummm.

Reencontrar o amigo Antônio era uma ideia fixa para José.

Depois de um bom tempo, Tobias perguntou:

— E por que tanto desejas chegar a São Miguel?

— É uma questão de raiz.

Tobias não foi além, José não tinha dado margem nem chance.

Precavidos, preferiram se hospedar em uma pousada com estalagem para os cavalos. Melhor gastar um pouco e manter o quinhão, que se avolumaria à medida que chegassem às vilas.

— Daqui iremos para onde?

— Melhor seguirmos o litoral, José. Se pegarmos o agreste, poderemos ter problemas com os quilombolas.

— E quem são esses quilombolas, Tobias?

— São ex-escravos que ainda estão na região dos Palmares.

— Mas eles não foram dizimados? Assim aprendi nas aulas de História.

— Senhor, dizem que há descendentes de Zumbi por lá. Melhor acreditar no povo, não é? — disse Arlequim.

— Arlequim... Isso não tem fundamento. Mas acho que sou minoria por aqui, certo? — questionou um José meio indignado com a falta de apoio dos companheiros de viagem. Sua juventude, ao menos era o que acreditava, fazia com que os outros não dessem muita trela ao que falava.

Seguiram pelo litoral e pararam de vila em vila de forma estratégica, contando com a dormida nas raras estalagens que encontravam. E, quanto mais chamavam pelo berrante, mais pessoas se chegavam para ver as novidades e aproveitar para fazer encomendas.

A viagem foi bem-sucedida e a munição da espingarda permanecia intacta. Chegaram ao Recife ao entardecer. José dormiu quase um dia inteiro e, depois, chegou-se à cozinha para saber as novidades. Viu uma Marina tristonha.

— E o que te aconteceste, Marina? Onde está aquele sorrisão?

— Zeca, eu perdi meu barbeiro para a cólera.

— Ô Marina, eu conheço bem essa dor. Dói muito.

Ali se abraçaram.

Sara bordava na sala e, dali, apreciava a postura de José, sem ser notada por nenhum dos dois.

ALFORRIA ASSINADA, AO MENOS NO PAPEL

DEPOIS DE UM BOM TEMPO vivendo uma situação indefinida quanto à alforria de Ébano, o senhor não conseguiu arranjar mais argumentos para se opor, embora a achasse desnecessária. O engenho estava bem financeiramente e Anita não percebia ou, quem sabe, fingia não perceber suas fugas atrás de Kina, fatos que o deixavam aliviado. Então ele começou a não questionar as tomadas de decisão da mulher. Quanto mais absorvida em lutar pelo bem-estar dos escravizados, mais fácil seria, para ele, traí-la.

Mal sabia o senhor que sinhá Anita também tinha seus pecados. Em sua ausência, ela procurava Manuel. Apesar de terem o cuidado de só se encontrarem noite adentro, o romance dos dois passou a fazer parte do imaginário dos moradores do engenho. O feitor andava diferente, e as chibatadas haviam sido trocadas por cordiais conversas.

A sinhá e o senhor foram ao cartório acompanhados de Ébano. Assinada a alforria, o lugar escolhido por Ébano para comemorar a nova conquista foi a sala de aula. Lá, tendo sinhá Anita como ouvinte, deu uma aula de literatura e apresentou textos infantis para os alunos. A turma já estava alfabetizada.

O senhor não quis participar, muito menos ir ao campo. Procurou por Kina, que estava arrumando o quarto do casal.

— Vamos comemorar a alforria de tua filha? — disse o senhor.

— O senhor sabe que não concordo. Nem quero.

— E quem foi que disse que neguinha tem de querer?

Nesse dia, Kina teve vontade de matar o senhor. O cheiro dele a repugnava. Mesmo sem ela desejar, fizeram sexo com as cortinas fechadas e sem alarde. O senhor voltou-se para ela e, meio gago, meio zonzo, disparou:

— Estou preocupado comigo. Sabia que eu gosto de você? E não é só sexo...

Kina bufou de tanto ódio e pensou: *Meus orixás, por que aguentar tanto se eu amo o meu Chisulo e sou grata à sinhá?* Deixou o senhor sem resposta, e mal sabia ela que daquele momento viriam o pequeno Jeremias e outras complicações.

A PARTIDA DO SENHOR

KINA PASSOU A TER enjoos frequentes, e sua anca expandia-se na mesma proporção em que o semblante murchava. As regras não vieram, e Chisulo, feliz da vida, comemorava de forma velada o que chamava de seu primeiro filho. Mesmo que amasse Ébano como filha, agora ele se sentia, de fato, pai biológico de alguém.

— E por que você está triste, Kina?

— É impressão. Estou cansada.

Sem que a mãe comentasse, Ébano já percebia que havia ali o dedo do senhor. Em sua tenra idade, sabia o que o marido da sinhá fazia. Jamais contaria para sinhá Anita, porque sentia que aquilo não iria melhorar em nada a situação.

Foi passear com a mãe e, diante do pé de caju, sem perceber que estava sendo observada de longe por Manuel, começou a questioná-la:

— Mãe, esse filho é do meu pai?

Kina começou a chorar enquanto Ébano obtinha a confirmação.

— Eu sei, mãe. Já vi vocês dois.

— Fia, tua vida, fia tem que ser diferente da minha. Ó Nzambi, livra mia fia do sofrer.

As duas se abraçaram. Kina sentiu dor de barriga e saiu correndo em busca de alívio.

Manuel não somente escutou como, mais tarde, informaria à sinhá o que tinha acontecido.

À noite, quando todos estavam dormindo, a sinhá saiu da casa-grande olhando para todos os lados, com medo de ser descoberta. Chegou à casa de Manuel. Beijaram-se. Foi lá para as tantas que o feitor abriu o bico:

— Não te sintas tão culpada por nós dois. O senhor toma Kina com frequência para se satisfazer. E não te assustes, ela está esperando um filho dele.

— Eu poderia sentir raiva, mas não sinto. Ele não me procura há anos. Se não te tivesse por perto, acho que já teria morrido.

— Ando preocupado se alguém está desconfiando de nós.

— Impossível! Do jeito que o sabujas, Manuel?

— Sabujava, Anita. Sabujava! Agora, adulo somente a ti.

Beijaram-se com ardor. Logo depois, sinhá Anita, em tom melódico, sussurrou:

— E tudo começou quando passei a melhorar o engenho, lembras?

— Sabias que eu te admiro demais, minha sinhá?

Os dois riram bastante e tiveram ânimo para trocar mais beijos e afagos.

Antes de o sol nascer, a sinhá saiu da casa do feitor e retornou para a casa-grande, preocupando-se em não ser percebida. Os pássaros ainda dormiam, e a névoa cobria o canavial. No céu, ainda havia estrelas e a madrugada permanecia silenciosa, não fosse o tilintar do vento e os passos de sinhá Anita. A luz do candeeiro se acendeu, vinha da direção da casa de Chisulo e Kina. A sinhá apressou o passo, a vergonha de ser surpreendida a afligia.

Em poucos minutos, ela estava na cama, com lençóis de cambraia de linho, sã e salva daquela aventura, mas com a certeza de que deveria ter mais cuidado.

A VOLTA DO SENHOR

O SENHOR FOI AO RECIFE, mas a permanência, estimada para ser longa, foi encurtada. O empréstimo da Coroa foi firmado de forma célere.

— O engenho nunca esteve tão produtivo — constatou o gerente do banco.

— Quanto mais felizes os negros, maior a fatia do bolo — respondeu o senhor.

Mesmo que soubesse no fundo, no fundo, que o motivo da prosperidade fora o empenho da mulher, ele não reconheceria isso jamais, em hipótese alguma. As láureas eram sempre dos homens e continuariam a ser.

— Muito inteligente de tua parte. Nem todos os senhores de engenho pensam dessa forma — concluiu o gerente.

Antes de sair do Recife, comprou um corte de seda para Anita. Não que quisesse admirar sua beleza em um belo vestido, mas por se sentir grato.

Os filhos, internos em um bom colégio, iriam passar as férias na fazenda. Lembrou-se deles também. Comprou um canivete para o filho e, para a filha, romances femininos.

Entrou na carruagem e trilhou o caminho de volta. O previsto era chegar no sábado, mas na sexta à noite já estava no engenho.

A casa-grande estava às escuras. Imaginou que a mulher estivesse dormindo. Entrou no quarto e se deparou com a cama intacta. Cansado e se sentindo sujo, foi tomar banho. O balde folheado a estanho ficava dentro da casa de banho e a jarra do mesmo material ornava e propiciava praticidade. De banho tomado, mesmo estranhando a ausência de Anita, adormeceu de cabelos molhados.

Sinhá Anita estava na cama de Manuel e, feliz da vida, bolava um jeito de fugir com ele.

— Manuel, vamos embora daqui.

— E de que vamos viver, Anita?

— Eu posso dar aulas.

— E teus filhos, Anita? O senhor vai mandar me matar, isso sim.

— Não deveria, não é mesmo? Ele não toca em mim há anos.

Depois da conversa, enroscaram-se feito caramujos. Como de costume, bem antes do sol nascer, Anita voltou para a casa-grande.

Estranhou os cavalos e a charrete. Temeu a voz áspera do senhor como um açoite. Na ponta dos pés, tirou a roupa, tomou banho, colocou a camisola de cambraia e dormiu ao lado de um senhor que roncava.

OS AVANÇOS DE MARIA ANTONIETA

MARIA ANTONIETA começou a pesquisar e percebeu a falta de documentos do bisavô, nos quais encontraria o nome, a data de nascimento e outros dados sobre sua origem. Sabia o que todos sabiam ao visitar o pequeno cemitério de São Miguel dos Campos: seu trisavô tinha vindo de Portugal.

Determinada, ligou para a avó perguntando se tinha certidão de nascimento ou de óbito do pai.

— Minha neta, procure no cartório. Naquela época, ninguém guardava registro em casa.

— Vó, se eu lhe disser que estou sem dinheiro para ir até São Miguel a senhora acredita? Teria como me mandar uma foto dele? Eu não tenho nenhuma.

— Mando, sim. Prometa que não vai estranhar. Meu pai era um sujeito lindo. A foto não condiz com a realidade.

Como a avó era de fazer graça, Maria Antonieta nem reparou que ela não estava brincando. Só entendeu ao perceber a maquiagem, um talco, no rosto do bisavô.

O plano de sair do país lhe tomava o tempo. Mas do jeito que estava não poderia continuar. Maria Antonieta não teve resposta para os currículos que enviou. Sem perspectiva alguma, estava vivendo da poupança; sua renda sendo gasta para ela comer e se vestir.

O país estava em meio a uma grande crise financeira, e sua idade e inexperiência profissional a deixavam em uma situação desfavorável em relação aos outros candidatos.

Solitária, continuava morando em uma casa bem maior do que o necessário e que, ainda por cima, nem era dela. Tadeu havia comprado a propriedade antes do casamento. A sensação de morar de favor a abalava, mas não mais do que a indiferença do ex-marido.

Ela sentia falta dele, uma angústia enorme a tomava. Perguntava-se o tempo inteiro se era uma pessoa má, se sua arrogância em relação aos mais humildes havia afastado Tadeu e sido o pivô da separação.

Certa noite, perdeu o sono e começou a fotografar a casa, a catalogar os objetos que possuía na busca de boas memórias e pertencimento. A mãe e o pai a puseram no colégio interno e viajaram pelo mundo. Sua infância lhe vinha à mente em lapsos. Quando ia para a fazenda em busca de amigos e dos pés de goiaba, escutava da mãe: "Menina, tenha modos, lembre-se de que é descendente do barão." Essa fala da mãe era onipresente. "Mas eu quero brincar", retrucava. E a sentença vinha clara: "Escolha bem com quem brincar. Com as negrinhas, não."

Quando visitava a avó, tinha outra noção da vida. A única percepção de humanidade que recebera vinha dela, mas os encontros eram raros. A mãe não fazia questão de levá-la, preferia a família do marido e mantinha distância de suas próprias origens.

Com as emoções à flor da pele, sentindo-se estranha e dependente de Tadeu, estava cada vez mais decidida a dedicar-se à terapia. Tarde da noite, escreveu no caderno: "Amanhã, além de preparar o almoço, tenho terapia."

ESPELHO, ESPELHO MEU

CHEGOU À SALA SOMBRIA e ficou um bom tempo calada. Dez minutos de um silêncio desconfortante, quebrado pelo tom grave da voz do terapeuta.

— Quer falar um pouco sobre sua separação?

Evasiva, firmou o olhar em uma estátua de ferro na estante repleta de livros.

— Fui criada para casar e ter filhos. Minha infertilidade não permitiu. Quem sabe, se eu tivesse tido filhos, Tadeu não teria saído de casa e estaria comigo até hoje?

Ela esperava que o psicanalista retrucasse, mas a teoria que ele seguia propunha deixar o paciente falar, ora deitado em um sofá, ora em uma cadeira, sempre de costas para o analista que, no máximo, emitia sons como "uhum" ou "aham". A ideia era que Maria Antonieta prosseguisse em sua fala, para entrar em uma jornada de autoconhecimento. Ela continuou:

— Agora, vou dizer, como é chato lavar prato e cozinhar para uma pessoa! Mas sabia que estou achando interessante não depender de ninguém? Logo eu, que sempre tive tudo.

— Aham.

— Pois é... Quando eu era criança, estudei no melhor colégio interno do Brasil. Meus pais queriam o melhor para mim.

— Aham.

— Agora estou pensando... Minha avó é a única que nunca deixou de me abraçar.

— Sei... Você se sente mais amada por ela ou por seus pais?

A única e última frase emitida pelo psicanalista atingiu como uma bomba o coração de Maria Antonieta. A dez dias para o Natal, ela só tinha na cabeça a avó e o telefonema que daria.

— Pois bem, nosso tempo acabou.

Ela saiu da sala, deixando o psicanalista sem resposta.

Maria Antonieta cruzou a rua e pegou um ônibus. Enxugou as lágrimas e, depois de uma freada brusca, segurou firme no encosto.

Antes de dormir, ligou para a avó.

— Vó, eu amo a senhora, sabia?

Matias testemunhou. Miou e pulou para o seu colo, numa rara demonstração de afeto.

UM DIA A VENTANIA CHEGA

NA VÉSPERA DE NATAL, Sinhá Anita acordou e não percebeu o momento em que o senhor saíra para o campo. Ao abrir a porta, deparou-se com uma mulher barriguda e de semblante triste.

— Nasce quando, Kina? — perguntou a sinhá.

— Sinhá, não sei e tenho raiva de quem sabe — respondeu Kina, sem olhá-la. Sua expressão era de desassossego.

— Kina, queres desabafar comigo?

— Não perca seu tempo comigo, eu não mereço.

Sinhá Anita a segurou pelo braço e cochichou:

— Eu não só me preocupo como também estou com pena de ti. Sei de tudo e podes ficar sossegada que não farei nada contra ti.

Kina começou a chorar, a ponto de a sinhá levá-la para a biblioteca e fechar a porta.

— Chisulo sabe?

— Não, senhora. Se souber, mata ele!

— Mas ele vai desconfiar. O senhor é branco, Kina…

Sinhá Anita não tinha ideia dos passos do senhor, que encontrara um lenço perdido por ela naquela manhã, enquanto andava pela casa de Manuel, e o guardara como prova. Em plena mesa de jantar, ele comentou:

— Manuel anda estranho, Anita. Meio maria-mole com os escravos. Sabes dizer se aconteceu algo em minha ausência?

— Não sei de nada, meu senhor.

A postura de Anita se envergara para a direita, denunciando seu constrangimento. Logo em seguida o senhor emendou, querendo estender o assunto:

— Para mim, Manuel deve estar apaixonado. Pode? Um mulato furtou bananas de nosso quintal, mas ele não fez nada. Só chamou sua atenção, em vez de dar umas boas lapadas no lombo dele. Só isso para corrigir o caráter de um homem.

— Deixa isso para lá, meu senhor!

A sinhá tentou livrar Manuel de um embate que poderia render uma tragédia.

Depois do jantar, o senhor mandou chamar Manuel, que não levou muito tempo para encontrá-lo na biblioteca. Confortável em uma poltrona de veludo vermelho, o senhor indicou que o feitor se acomodasse em uma cadeira simples, de madeira:

— Senta-te aí.

— Pois não, senhor. Por que mandaste me chamar?

— Quero que batas no lombo do mulato.

— Hum...

— Não escutei bem. Faz o favor de olhar para mim.

— Pois não, senhor...

A conversa, a princípio tola, tornou-se densa quando o senhor se dirigiu a Kina:

— Pede para tua patroa vir aqui.

— E para que o senhor mandou chamar Ani...
sinhá Anita? — Manuel quase se esquecera de chamar a
amante da forma adequada.

— Agora desejas me confrontar! Era só o que me
faltava!

Anita chegou com cara de desconfiada:

— Pois não, senhor?

— Fica aqui e manda dar umas chibatadas no
mulato.

— Bem sabes que não gosto de chibatadas, meu
senhor. Lembras o que disse sobre a produção?

— Tu e teu feitor compartilham das mesmas ideias,
não é mesmo? — provocou o senhor.

O silêncio tomou conta da sala. O esposo traído
continuou, com uma impaciência descomunal:

— Compartilham da mesma cama, não é mesmo?
Olha bem para mim, Manuel. Achas que sou um parvo?

— Parvajola sou eu, meu senhor, por te ver saciando
teus desejos por anos a fio na altura de meus olhos. Kina,
vem cá! — gritou sinhá Anita.

O senhor continuou impassível, até o momento em
que sinhá Anita mostrou a barriga de Kina.

— Esse filho que ela carrega é teu!

— Não fujas do assunto, Anita. Só confirma: é verdade ou não? Eu mesmo vi teu lenço na varanda do casebre
de Manuel. É verdade, Manuel? — perguntou o senhor.

O feitor se calou e não conseguiu encarar o patrão.
Ficou o tempo todo olhando para o chão.

— Responde, seu filho da puta! Responde!

O clima esquentou na biblioteca. Kina começou a sentir contrações.

— Sinhá, não estou aguentando — suplicou Kina.

O rosto de Kina franziu de dor, e o senhor parou de falar. Os três concentraram-se nos uivos que ela emitia.

— Corre, Manuel, vai pedir ajuda. Manda chamar a parteira — ordenou a sinhá.

— Sim, Anita.

O senhor ficou com cara de bobo. Como o feitor ousava chamar sua consorte pelo nome? Depois do nascimento da criança, ele daria um jeito nos dois.

De noitinha, quando as luzes dos candeeiros já estavam acesas, escutou-se o choro de um menino. Nasceu, na véspera do Natal, com o mesmo tom das castanhas importadas de Portugal que o senhor tanto gostava de comer.

Chisulo entrou animado para conhecer a criança. Quando viu o menino, gritou:

— Kina, esse não é meu. Com essa cor de oios e essa venta, só pode ser do Manuel ou do senhor.

— Depois eu te explico, carma — respondeu Kina, exaurida.

Na verdade, ele tinha consciência do amor de Kina, bem sabia que a companheira tinha sido forçada por alguém. Restava-lhe ter a certeza de quem era o pai daquele menino esmirrado, que parecia ter nascido antes do tempo. Inconformado, foi parar no casebre de Manuel.

— Agora, pois, o bruguelo é teu, não é, Manuel?

— Não — respondeu um Manuel farto de tudo. — O filho é do patrão, imbecil.

Manuel respondeu de forma pensada, porque conhecia o temperamento do homem e queria dar fim àquele martírio. Chisulo titubeou um pouco. Mas, em seguida, Manuel comentou:

— Pergunte à sua filha, Chisulo. Pergunte a ela.

O homem foi ao encontro de Ébano, que, a princípio, negou:

— Deixa disso, meu pai, melhor deixar pra lá.

— Minha fia, eu preciso saber. Conta.

— Pai... Todo mundo sabe, e não é de hoje... Até tu sabes o que a coitada de minha mãe sofre. Não a julgues.

— Mas que filho de uma égua!

— Deixa isso para lá, por mim, por ela, por todos — pediu Ébano.

Chisulo não aguentou os ciúmes e fez o que Manuel queria.

Tarde da noite, entrou na sala da casa-grande com uma peixeira que pegou na cozinha. Viu quando a luz do candeeiro do quarto do senhor se apagou. E, logo em seguida, escutou um vozerio e o barulho de chibatas.

Escutou quando o senhor gritou com sinhá Anita:

— Cadela, vadia, vou arrancar tua periquita para deixares de ser meretriz.

Foi a raiva de Chisulo multiplicada pelas ofensas que o fez entrar naquele quarto.

Viu a sinhá encurralada e indefesa, e, antes mesmo que o cinto alcançasse as ancas dela, tomou o senhor pelas costas e o atingiu como se golpeia um bicho selvagem.

141

Foram vinte e duas facadas, mesmo que a primeira tivesse sido fatal e certeira, bem na jugular.

Foi um rebuliço. Os gritos alcançaram a senzala e as luzes dos candeeiros foram acesas. De longe, Manuel suspirou como quem se livra de algemas.

Chisulo não fugiu. Pelo contrário, ficou olhando para o senhor estrebuchando à sua frente.

— Tenho pena dos filhos. O que fiz, sinhá?

A sinhá o abraçou.

— Foi legítima defesa, Chisulo. Não serás preso.

Sinhá Anita não pôde cumprir com a palavra. Chisulo foi preso, apesar de a sinhá ter feito tudo que estava ao seu alcance, inclusive, contratado um bom advogado do Recife.

— Ele agiu em legítima defesa e estava imbuído de ciúmes — Anita espalhou aos quatro ventos.

— Isso se fosse livre e branco, mas não te esqueças de que ele é escravo. Se fosse branco, poderíamos nos calcar em legítima defesa da honra — ponderou o advogado.

Kina era só tristeza. O leite secou. Ébano se recolheu no quarto e só saiu quando os filhos do senhor vieram velar o corpo do pai.

Sinhá Anita teve de telegrafar para o colégio interno onde os filhos estudavam:

O PAI DE VOCÊS ACABA DE FALECER.

Sinhá Anita e Manuel mal conseguiam disfarçar a sensação de liberdade em que se encontravam. O próximo obstáculo a ser enfrentado seria a rejeição dos filhos. Ela bem sabia que Joaquim odiava o pai, mas Ester sempre nutrira admiração por ele.

Fizeram um pacto: deixar passar a fase em torno do enterro para depois assumirem a relação. Não poderiam se casar, porque, mesmo viúva, a Igreja não permitiria que ela se casasse novamente. Mas isso era o que menos importava diante da paixão.

JEREMIAS, PORQUE TODO FILHO PRECISA DE UM NOME

MANUEL CONTINUOU MORANDO no casebre, esperando tudo se aquietar. Os filhos de sinhá Anita ficaram por poucos dias, e apenas Ester fez questão de saber o motivo da morte do pai. A conversa em torno da mesa foi a sós. Sinhá Anita narrou quase toda a história, menos sua traição ao marido.

— Filha, Kina pariu um filho de teu pai. Acabas de ganhar um meio-irmão. Tu já és crescida e precisas saber sobre as coisas do mundo.

Incrédula, Ester foi conhecer aquele que sua mãe chamara de meio-irmão. Não foi necessária uma contraprova, os olhos do pequeno eram da mesma cor dos do pai e dela própria.

Ester ficou um pouco na casa de Kina e segurou no colo o pequeno. Ébano a acompanhou até a carruagem e percebeu o quanto Ester amadurecera. Aquela menina mimada tinha ganhado força.

— Tudo o que precisares, aconteça o que acontecer, mandas por carta, que virei — disse Ester.

Joaquim saiu sem questionar a morte do pai, que, para ele, não passava de um senhor distante. Mas não se esqueceu de abraçar Ébano e a mãe, sinhá Anita.

A carruagem se foi. Ébano sentiu o laço firmado com os filhos da sinhá. Agora dividia com eles o irmão, ainda sem nome. Foi Ébano quem tomou as rédeas e fez questão de escolher um nome para o rebento.

— Mãe, vamos chamá-lo de Jeremias?

Como não notou nenhuma reação de Kina, Ébano não aguentou e disse com firmeza:

— Ele não tem culpa de nada, não podes esquecer isso.

Kina podia entender, mas seu corpo estava rejeitando aquela criança. O leite secara, e ela agoniava-se toda vez que o filho berrava.

Ébano embalou o irmão e foi para a casa-grande. Bateu à porta tarde da noite, e sinhá Anita providenciou leite de cabra para matar a fome de Jeremias.

Kina era só tristeza, nem comia. Ébano passou a cuidar do irmão com a ajuda de sinhá Anita e se dividia entre a sala de aula e os cuidados com o pequeno. Não cobrava, em momento algum, qualquer mudança de postura da mãe. Tinha certeza de que se tratava de uma fase.

O engenho tinha passado por vários acontecimentos. Chisulo continuava preso e surgiam comentários maliciosos sobre o relacionamento entre a sinhá e Manuel. Muitos passaram a questioná-lo. Desconfiava-se de que Manuel seguiria os passos do senhor e agiria da mesma forma que ele, com o agravante de exercer um fascínio sobre sinhá Anita.

— A sinhá vai virar maria vai com as outras, aposta quanto? — Alguns diziam.

Passado um ciclo inteiro de safra, Manuel começou a usar as roupas do finado, o que constrangeu a todos, inclusive Ébano, a pupila de sinhá Anita.

Depois de se investir dos trajes do senhor, a primeira providência de Manuel foi contratar um feitor. A sinhá, que antes passava o dia inteiro na biblioteca, mudou seus hábitos. Queria a todo custo agradar Manuel, o que a mantinha na cozinha organizando cardápios novos.

Ébano continuava dando aulas e percebia bem o quanto sinhá Anita estava aprisionada naquilo que acreditava ser um amor de verdade. As folhas dos cajueiros caíam no instante em que o menino dos olhos azuis ganhou um nome: Jeremias. Deus ou Nzambi o exaltaria por toda a vida, ao menos se dependesse de sua irmã Ébano.

ANTÔNIO, O NOVO FEITOR

FOI MARIA, COSTUREIRA escravizada na casa-grande, que indicou Antônio para a função de Manuel. O ex- -feitor estava agora voltado para as atividades do finado senhor. Ainda não dormia na casa-grande, mas usava as roupas do ex-patrão e fazia as refeições ao lado de sinhá Anita.

Ébano questionou:

— Sinhá, todos estão comentando que Manuel está usando as roupas do senhor.

— Falam demais, não é? Como poderíamos jogar fora roupas tão boas, principalmente se caem como uma luva em Manuel? — indagou a sinhá.

O amor segue rumos desconhecidos. E a sinhá se rendera ao charme e à virilidade de Manuel.

Antônio, vindo de Sabrosa, uma vila localizada na província portuguesa de Trás-os-Montes, contraíra uma dívida impagável no barracão. Sem ganhar salário, morava de favor e ainda tinha que mostrar serviço — o que significava ser rude com as pessoas escravizadas, algo que detestava. Foi contratado por Manuel, que assumiu sua dívida. O contrato verbal previa o pagamento da dívida em três anos; a partir daí, ele passaria a ganhar um pouco de dinheiro.

— Quanto à comida, fiques tranquilo, aqui não precisarás contrair dívida. Há inclusive uma área atrás da casa em que morarás, para que plantes de tudo. Terás acesso ao barracão e nada será cobrado de ti — prometeu Manuel.

— Que bom... Paga a dívida, qual será meu salário? — perguntou Antônio, desejando conseguir mandar algum valor para os familiares que viviam em péssimas condições em Trás-os-Montes.

— Cem réis — respondeu Manuel, sem dar margem para qualquer negociação.

Antônio fez as contas e percebeu que não seria possível mandar uma quantia para o pai e os irmãos. Ele abandonara seu chão e prometera ao pai que mandaria dinheiro tão logo conseguisse. Sete anos haviam se passado e tudo o que ele havia feito fora contrair uma dívida em um barracão velho, fétido e funesto de um engenho de cana-de-açúcar.

No momento, tinha que agradecer. Ao menos ali não teria problemas com o senhor. Manuel parecia ser bom patrão, e a história de que se apaixonara por sinhá Anita já tinha atravessado toda a Zona da Mata.

Antônio se recolheu em seus aposentos, sem noção do que viria a acontecer um mês depois.

PARTE III

JOSÉ E A PARTIDA ATÉ O ENGENHO DE PAU DO DESCANSO

ANTES DE PARTIR com bastante mercadoria e muitos contos de réis, José perguntou a Henrique se ele poderia confirmar onde estaria Antônio.

— Para as bandas do agreste. Mas cuidado, meu filho, com os bandidos na estrada. Tens certeza de que queres ir sozinho?

— Não seria correto sujeitar Tobias a uma viagem longa, afinal, minha intenção é encontrar Antônio. E isso pode levar algumas semanas ou alguns meses — respondeu José, convicto.

— Mas tu voltas, não é mesmo? — Quis saber o cônsul, no tom de um pai.

— Sim. Claro. Por sinal, vou dar um cheiro em Sara e Marina.

Enquanto José se despedia, Henrique passou rapidamente no consulado para checar a região certa e o engenho para o qual Antônio havia sido encaminhado. Não fez José esperar, logo trouxe consigo o endereço do engenho: "Para as bandas de Pau do Descanso, próximo a São Miguel dos Campos, dez ou onze dias para chegar."

José se foi, acompanhado pelo cocheiro Arlequim. O sol nascia sobre o rio Capibaribe. Do outro lado, o mar parecia um tapete de estrelas reluzentes.

153

José estava alheio à calmaria do mar e até mesmo ao galopar dos cavalos. Consigo só havia o medo do que encontraria no engenho. Estaria Antônio vivo? E, se estivesse vivo, estaria bem?

Ele foi parando nos lugarejos. Vendia algumas mercadorias, um pouco a cada dia, mas a intenção era chegar ao engenho. Preocupado com a segurança, conseguira uma arma com Arlequim sem que Henrique soubesse.

Da carruagem, avistou a pequena Vila de São Miguel. Ali havia comércio, mas não mercadorias importadas como as que carregava no interior da carruagem.

Na primeira venda, perguntou logo:

— Para que lado fica o engenho de Pau do Descanso?

— O senhor quer dizer do Desgosto? — revidou um homem de aparência desleixada, com bafo de cachaça.

— Alguém conhece o feitor Antônio?

— Nome comum por aqui, a quantidade de Antônio a trabalhar nos engenhos... — disse um homem que atendia no balcão.

— Por sinal, esse engenho aí fica perto. Cavalgando ligeiro, com a espora tinindo, dá meia hora em linha reta — falou o bebum.

Cético, por se tratar da informação de um bêbado, José seguiu com a rota já traçada. Conseguiu chegar a Pau do Descanso e soube, por sorte — um escravizado falara em voz baixa e suplicara que não contasse nada a seu senhor —, que Antônio havia se mudado e estava no engenho vizinho.

154

Antes de sair da propriedade, escutou barulhos de tiro e percebeu que se dirigiam à carruagem em que se encontrava. Seguiu em disparada. No caminho, encontrou uma mulher escravizada que levava uma trouxa de roupas na cabeça para lavar no rio:

— Vocês estão vindo de Pau do Descanso? Estou ouvindo tiro. Sinhô, o sinhô daquelas bandas endoideceu de vez. Vão-se embora daqui.

Eles saíram apavorados, José mandou o cocheiro Arlequim encarcar a espora no lombo do cavalo castanho--claro. O sangue coagulado manchou de marrom-escuro o pelo do animal.

Conseguiram chegar até o engenho vizinho e apearam na casa-grande.

— Acredito que tenhamos mais sorte por aqui — disse José, com um semblante aliviado.

Desceu da carruagem e foi recebido por sinhá Anita:

— Pois não, em que posso ajudar?

— Vim atrás de Antônio.

— E quem és?

— Um velho amigo de infância.

— A esta hora, ele está no campo. Apeiem dos cavalos e me acompanhem.

Os cavalos foram para a sombra merecida, e Arlequim pediu água para os companheiros de estrada. Enquanto bebiam a água da talha, os animais recebiam carinho e pedidos de perdão de Arlequim, por ter judiado tanto deles na espora.

Ébano terminava de dar aula quando percebeu uma movimentação diferente. Ao fim do trabalho, como de costume, foi até a casa-grande para almoçar.

Na cozinha, José esperava Antônio, a quem a sinhá tinha pedido para chamar. Ébano entrou e os olhares se cruzaram. Benedita e Tatá perceberam aquele encontro de almas.

Ébano era falante, mas, diante de José, corou.

Sem se dar conta de que havia mais gente na cozinha, José não conseguia deixar de observá-la, e foi a voz de Antônio que o fez despertar:

— Ó meu Deus! És tu mesmo? Tão elegante assim? Podes me beliscar? És tu, José?

— O que achas? Antônio, meu amigo, como vieste parar aqui, no meio do nada?

— Bem, meus documentos estavam certos...

— Quanto aos meus, inexistentes...

Ébano pediu licença para sair:

— Deixarei vocês à vontade. Vamos dar um passeio, Tatá e Benedita, que tal?

José, de pronto, pediu:

— Não saiam. Não nos apresentamos. Chamo-me José.

— Ébano, muito prazer.

—Aliás, melhor que fiquem. A solidão de uma estrada não é fácil.

Ébano pareceu gostar e se sentou ao lado de José.

— Se realmente não se opõem, ficarei aqui.

Até a sinhá se chegou, e a cozinha daquela casa imensa passou a ter um colorido jamais desfrutado. Negros, pardos e brancos conversavam. Os cavalos, na companhia de Arlequim, ainda bebiam água e pareciam sorrir.

O choro do pequeno Jeremias surpreendeu José, que ficou mais espantado ainda quando Ébano levantou e pediu licença.

— Vou cuidar de meu irmão.

O gesto dela deixou José fascinado.

— Quantos anos ela tem, sinhá Anita?

— Tem catorze até hoje, amanhã faz quinze.

— Nossa, parece uma mulher, e, com todo o respeito, muito linda.

Todos riram, e Tatá cutucou Benedita:

— Esse angu vai virar polenta!

Ébano não escutou.

ÉBANO E JOSÉ

JOSÉ PASSOU AQUELA noite na propriedade, e sinhá Anita o convidou para ficar por mais tempo. De olho em Ébano, ele aceitou o convite.

Conheceu a família e as dores da jovem por quem acabara de se apaixonar. Queria contar a Marina o quanto Ébano era bonita, culta e gentil, e dividir com Henrique e Sara a alegria de tê-la encontrado.

Lembrava-se sempre do pai, e sabia que o sonho de o reencontrar poderia ser concretizado em breve. Faltava pouco. Antes, precisava vender o restante da mercadoria e tirar o amigo Antônio do engenho.

Antônio queria sair, mas tinha uma dívida com Manuel e um contrato a honrar. Ébano, apesar de ser culta e ter se tornado alvo da paixão de José, era filha de pessoas escravizadas. Não importava que fosse livre, sempre estaria submetida à escravidão.

Os desafios eram muitos, mas ele não hesitou. Antes mesmo de completar dois dias na propriedade, queria dizer à Ébano que estava arriado por ela.

O amigo Antônio ofereceu-se para propiciar um encontro a sós entre os dois. José topou. Com vinte anos, ainda não tinha se apaixonado de verdade. Os tempos da cólera serviram para que experimentasse a agonia.

— Pois, então, meu amigo. O melhor lugar é na cocheira. Ela gosta de cavalos. Vou marcar para mostrar a ela a égua que acabou de nascer, e quem vai aparecer és tu em meu lugar.

Assim foi feito. Ébano apareceu às quatro da tarde e foi surpreendida pela presença de José.

— Antônio me chamou para...

— Ele me pediu para vir no lugar dele.

José a olhava de um jeito diferente, meio animalesco. Apesar de ela ter simpatizado com ele, sentiu-se incomodada.

— Estás me olhando de um jeito estranho... Melhor eu ir embora.

— Vem aqui ver a égua.

O animal já andava, mas estava meio manco, pois nascera havia dois dias.

As curvas do corpo de Ébano, admiradas por José, eram como raras montanhas no horizonte. Ele puxou-a para si e a beijou. Ela retribuiu. Apesar de tudo parecer muito rápido e de estarem apaixonados, não se desnudaram. Quiseram se resguardar até as núpcias.

José deixou o engenho acompanhado do cocheiro Arlequim. Mas não sem antes prometer a Ébano que voltaria para buscá-la.

Quanto a Antônio, disse-lhe que, depois do fim do contrato, quando a dívida com Manuel estivesse paga, iriam trabalhar juntos na pequena Vila de São Miguel.

No caminho, antes de Arlequim virar à direita na estrada de chão, acenou para Ébano.

Na caçamba da carruagem ainda havia mercadorias. Apearam em São Miguel, onde José procurou um estabelecimento para alugar. Não foi difícil encontrar uma loja de esquina, ampla, com o diferencial de ser defronte à praça. *Com a venda das mercadorias, alugo a loja e moro com Ébano*, pensou.

Para deixar alinhavado, pagou adiantado. Passou uma semana em São Miguel. Vendeu tudo o que tinha — lenços, utensílios domésticos e vestidos vindos da Europa. Telegrafou para Henrique no Recife, contando:

NUNCA ESTIVE TÃO FELIZ, CONHECI A MULHER DE MINHA VIDA. SEI QUE NÃO SERÁ TAREFA FÁCIL O MUNDO ACEITÁ-LA.

De próprio punho, escreveu a Ébano: "Vou ao Recife me capitalizar. Já aluguei a loja. Na volta, faço questão de me casar contigo e te convido a morar comigo em São Miguel, espero que para sempre."

O recado veio por um mensageiro a cavalo. Ébano leu a sós e sorriu. Precisava contar para alguém que estava apaixonada.

A situação no engenho estava se modificando mais uma vez. Manuel assumira de vez o posto de senhor, o que causou estranhamento a todos, inclusive a Antônio, o novo feitor. Alheia ao que se passava no engenho, Ébano imbuiu-se de coragem para assumir o sentimento por José para a mãe, Kina, e para a sinhá Anita.

— Mãe, eu e José…

— Percebi.

— Como assim?

— Só trouxa não percebe. Mia fia... Tem certeza?

— Sim. Claro que tenho.

— Oia lá. Ele é branco, tu é preta.

— Somos livres.

— Desejo o melhor pra tu, fia.

Depois da conversa, Kina sabia que precisava deixar a filha livre para que pudesse construir sua vida, embora duvidasse que a relação daria certo. Por necessidade, olhou para o filho, e aos poucos foi percebendo que ele não tinha culpa de nada.

Com sinhá Anita, o papo ganhou outras proporções:

— Tenho certeza de que vocês serão felizes, valeu a pena investir em ti — disse a sinhá, com admiração.

A essa altura, grande parte dos livros da vasta biblioteca já tinha sido lida por Ébano, inclusive os raros tratados de Direito.

Antônio já sabia o quanto o amigo estava apaixonado; afinal, graças a ele os dois ficaram a sós, e José sorria feito criança.

NO RECIFE

JOSÉ CHEGOU CAPITALIZADO. Além disso, o solar de Henrique e Sara ficou bem mais alegre com a constatação de que José estava apaixonado.

Marina foi a única que chegou perto de José para dizer que se sentia incomodada:

— Oia lá, Zeca! O mundo não é a casa da dona Sara.

— Eu sei disso.

— Sabe, não, meu filho. Tu acha que sabe. Não viveu nada ainda... e se apaixona de um dia pro outro.

Sara e Henrique também sabiam disso, mas não quiseram interferir nas escolhas de José, ao menos por enquanto.

A paisagem do Recife esbanjava-se em afrescos, tendo o Capibaribe como fundo e o mar verde-esmeralda como uma joia a lapidar. Nem era manhã quando José saiu, com a carruagem repleta de mercadorias e dinheiro.

Tobias seria o caixeiro que o visitaria com frequência, para reabastecer a loja.

— Prometam visitar-me no próximo verão. Iremos nos casar. Mandarei mensagem por telégrafo — afirmou José no portão, abandonando a casa em que fora tão feliz.

163

E partiu com Arlequim. O som das patas dos cavalos lembrava-lhe o som da remada no rio Douro, na época em que partia da pequena Sabrosa rumo ao Porto.

— Trarei meu pai, Arlequim.

— Ele está aí, no Recife.

— Sou um felizardo, tenho dois. Estou dizendo meu pai biológico, de quem mereço uma pisa.

Sem receber nenhum conselho de Henrique e Sara, e sentindo-se senhor de si, foi em busca do que o coração pedia.

OS DIAS FELIZES E NEM TÃO FELIZES ASSIM

CASARAM-SE NO CIVIL porque não encontraram padre disponível. À cerimônia, só compareceram Kina, o amigo Antônio e os moradores da casa-grande: sinhá Anita, Manuel, Tatá e Benedita. Chisulo ainda se encontrava preso, e assim continuaria até a morte: fora condenado à prisão perpétua e essa situação continuava incomodando Ébano.

A lua de mel foi na casa que José alugara em São Miguel. Inexperiente, ela aos poucos cedeu, quando ele cochichou algo como: "Ébano rara…"

Os corpos desnudos sobre o colchão macio. Eles se cavalgaram, se apalparam. De Ébano, saiu um líquido transparente em espasmos. Quanto mais saía, mais ela abraçava José. Depois, uma lágrima tocou na cor de leite dos braços de José. Os dois perderam seus elos com a juventude, partindo agora para uma jornada que sabiam o quanto seria difícil trilhar.

Os negócios de José iam bem, até o dia em que Ébano passou a trabalhar na loja. O disse me disse invadiu as ruas da pequena vila:

— Agora, vê se pode? Amasiar-se com uma preta! Ainda a colocou no balcão para vender mercadoria!

Na vila de poucos abolicionistas, somente alguns compravam e encomendavam.

165

José telegrafou a Henrique cobrando uma visita. No Recife, Henrique e Sara resolveram partir para São Miguel para conhecer Ébano, que estava prestes a dar à luz. Em outra carruagem, Marina os acompanhou.

Poucos visitavam os dois. Feliz da vida com a presença de Sara, Henrique e Marina, José os levou para conhecer a esposa.

— Meu bem, eis aqui minha mãe e meu pai brasileiros.

— Não me apresenta, não? Tá esquecendo de mim? — brincou Marina.

— Calma. Achas que a deixaria de fora? Pois bem, esta aqui é Marina. Minha querida Marina, minha escudeira.

Era visível a alegria de Sara e de Marina, que deixou de lado a preocupação inicial com a união do jovem casal. Pela primeira vez, ouviram de José o que sonhavam escutar.

— Está perto, não é? Já tens uma boa parteira? — perguntou Sara.

— Ainda não. Não sei como faremos. A maioria só faz parto de brancas — respondeu Ébano.

— Só há parteiras para as brancas, José? Como pode isso? — perguntou Sara.

— São coisas que temos que enfrentar todos os dias, Sara.

— Saí do caixa da loja para ver se as vendas aumentam — disse Ébano.

— Vocês terão que ser bem fortes. Espero que consigam mudar a mentalidade da vila — desejou Sara, cabisbaixa.

— Lembras que eu fingia sentir desprezo por ti, Marina? Aqui não chego a tanto, afinal Ébano é alforriada desde os dez anos. Ela lê muito e dava aulas no engenho — disse José, todo maravilhado.

— É, Zeca. Tu sabes enganar bem. Tinha hora que dava vontade de chorar.

— A conversa está boa, mas precisamos dormir. A viagem foi longa – disse Henrique, extenuado.

Todos se recolheram em seus quartos. Pronta para dormir, Ébano começou a sentir contrações fortes.

— Acho que está chegando a hora, José.

Deitada de lado e voltada para a janela que dava para a estrada cheia de gerânios, ela sentiu um líquido morno entre as pernas.

— José, a bolsa rompeu. E agora?

— Calma. Sei que não dará tempo de chegarmos ao engenho, mas Nossa Senhora nos guiará, meu amor. Iremos à parteira da vila.

— Será que ela fará o parto, se por aqui não há parteiras, hospital ou cemitério para os pretos?

— Se pagarmos o dobro, decerto que sim.

E lá foram os dois, sem alarde, nas pontas dos pés, preocupados em não acordar ninguém. Foram surpreendidos por Marina, na porta de casa:

— Nzambi me falou. Não preguei os oios. O filho do meu Zeca vai nascer... E vai ser bitelão!

Tarde da noite, os três chegaram à casa da parteira. Por sorte, a encontraram acordada.

— Cuida dela como se fosse uma branca parindo.

— A bolsa já rompeu?

— Sim, há dez minutos — afirmou José.

— Adentrem, preciso prepará-la para parir.

— Estou disposto a pagá-la em dobro.

— O pagamento fica para depois.

O parto se deu como o esperado: o neném nasceu mestiço, com os cabelos lisos e negros.

Logo depois que o filho nasceu, José foi cuidar do pagamento da parteira e se surpreendeu quando ela disse:

— Não vi nada de diferente. É mulher como todas as outras e chega a dar prazer quando vejo um casal apaixonado. Pois meu preço é a amizade que acaba de nascer aqui.

José sentiu um tranco na garganta, abraçou a parteira e Marina, que, àquela altura, estava com os olhos encharcados.

— E como é mesmo teu nome?

— Elza.

— Obrigado, Elza.

A parteira Elza era branca e sonhava em ser médica. Não conseguira ingressar em nenhuma faculdade de Medicina porque não se permitia a entrada de mulheres.

A caminho de casa, felizes, assistiam ao céu da manhã, aos poucos, se abrir. O sol despontou iluminando a cena de uma família feliz. Apearam e tentaram adormecer. Mais um pouco e o choro do recém-nascido acordou a todos, inclusive Sara e Henrique.

Na sala, Henrique encontrou um pai feliz:

— Meu filho nasceu! Vai se chamar José.

Henrique se afastou. José foi à sua procura:

— O que houve, não está feliz por mim?

— Sim, estou. Mas estou preocupado com Sara e com a loja daqui de São Miguel, que precisa dar lucro. Desculpa, meu filho, minha franqueza e fraqueza. Já não sou tão moço. Não quis te preocupar, mas Sara não anda falando coisa com coisa. Pedi empréstimo para pagar médicos. Acho que no Recife não resolvem o problema dela.

— Não percebi nada. Ela está como sempre foi.

— Engana-te, José. Às vezes, ela não me reconhece. Em uma fração de segundo, volta a reconhecer.

José se ressentiu, mas estava muito feliz com o nascimento do filho. Para descontentamento de Henrique, não abriu a loja. Foi ao cartório no mesmo dia, mas não conseguiu registrar o filho com o nome da mãe.

— Precisamos da alforria dela registrada e com firma reconhecida! — disse o tabelião.

— Mas eu me casei com ela, não serve? — contrapôs José.

— Não, não serve.

— Acho que a alforria foi feita aqui, neste cartório.

— Mesmo assim, tu precisas trazer a cópia.

— E se ela fosse branca, o procedimento seria o mesmo?

— Penses o que bem entenderes. Só registro o menino com a alforria.

— Então depois eu registro, apesar de achar que tu não tens boa vontade.

José saiu contrariado e frustrado. Não tinha certeza de que Ébano dispunha do documento de alforria.

A rotina da loja e da casa foi comprometida com o nascimento de José. Henrique e Sara ficaram até o umbigo do neto cicatrizar. Era visível o descontentamento do cônsul com a queda das vendas da loja. Marina ajudou a cuidar do menino e ficou triste quando os patrões anunciaram a partida para o Recife.

— Amanhã retornaremos, Marina — falou Henrique.

— Deixa só eu pegar um pouquinho o Zequinha no colo.

— Estou vendo o quanto estás apaixonada pelo filho de teu Zeca. Ainda tens o dia inteiro para pegá-lo no colo.

Marina se dividia entre a cozinha e as idas ao quarto de José e Ébano. O berço feito de vime, ao pé da cama do casal, a fez lembrar-se do homem que amara e do filho que não tiveram.

— Sabe, os oios do Zequinha lembram os seus, Zeca!

Ébano parecia prever o que estava por vir. As vendas diminuíam a cada dia, e parecia insustentável manter, simultaneamente, a loja e aquele amor.

— O problema está em mim, José. Ainda não percebeste?

— Um absurdo esse preconceito, não achas?

— Mas é o que é. Minha mãe sempre soube.

— Marina alertou-me. Só se fingirmos que estamos separados. O que achas? Sem dinheiro não conseguiremos viver, não é mesmo? Melhor mentir.

— Como faremos isso, se esta cidade é minúscula?

— Podemos simular uma briga. Precisamos inventar um motivo. Nada como uma noite após a outra para termos uma ideia convincente.

Segundos depois, a campainha tocou estridente. Era Antônio.

— Tu não avisaste, mas as notícias correm rápido. Sinhá Anita e Kina daqui a pouco chegam.

O pequeno José dormia no berço. Antônio foi vê-lo, enquanto Marina fazia um café.

No quarto, José ouviu a boa notícia:

— A dívida já foi paga, José. Vim te ajudar na loja.

— Meu amigo, os negócios estão fadados ao fracasso. Não consigo vender nada, achamos que a culpa se deve ao fato de Ébano ser minha mulher e termos tido um filho juntos. — José lamentava, mas olhava para o filho com brilho nos olhos. — Junta-te a nós, Antônio. Vamos bolar um plano. Tu ficas a princípio sem ganhar, depois podes ter participação no negócio.

Henrique escutou o diálogo do quarto em que estava. Sem meias-palavras, entrou na conversa:

— Pois bem, meu filho. Vou aproveitar que tua mulher não está a me ouvir. Esse casamento não vai dar certo. O plano a que se refere está fadado a ser descoberto. O povo não é ingênuo como teu coração, tão jovem, e que ainda amará outra mulher.

— Mas o que tem de errado com Ébano, Henrique?

— Até gosto dela. Nada contra. Moça culta e inteligente, uma raridade entre mulheres. Mais ainda sendo negra.

171

— Eu conheci um Henrique bem diferente. Se não me falha a memória, disseste-me que eu deveria ser um abolicionista caso quisesse morar em tua casa. Estou errado? Ou não lembras?

O clima ficou tenso, a ponto de Antônio sair do quarto e seguir o rastro do cheiro do café recém-passado.

Sara lia um livro no quarto. Distante, com os olhos tristonhos, lembrava-se do dia em que conhecera Henrique e como se encantara por seu jeito de defender os maltratados pela sociedade.

Nem Henrique nem José desconfiaram que Ébano escutara o sogro.

A CONVERSA DE SINHÁ ANITA COM ÉBANO

TODOS PERCEBERAM uma mudança no semblante de
Ébano. Ao mesmo tempo que estava feliz pelo nascimento
do filho, parecia carregar um peso em suas têmporas, não
se notava mais o frescor da juventude. Kina levou Jeremias
ao encontro da irmã, que não o via tinha muito tempo.
Nem mesmo isso a emocionou.

A mãe percebeu o olhar de apreensão da filha.
Não quis perguntar o que estava acontecendo para não
ser invasiva, mas, de alguma forma, sabia o que a afligia.
Era o previsto.

O bebê José estava dormindo em seu berço, e cada
um que tinha vindo do engenho quis conhecê-lo, sem
alarde, para não o acordar. A sinhá, em uma postura
diferente da de Kina, chamou Ébano para conversar:

— Não estás feliz? O que aconteceu?

— Minha mãe tinha razão. Sempre serei uma preta.
Quase ninguém está frequentando a loja. É um disse me
disse danado nesta vila.

— Absurdo, tu és livre.

— Aqui, jamais serei livre.

— E o que ireis fazer?

— Vamos ter que mentir.

— Mas mentira tem perna curta, vão terminar descobrindo. Não lembras meu caso com Manuel? Eu era tão cuidadosa, e de nada adiantou...

— Tentaremos fingir. Caso não dê para manter o negócio, para o bem de meu filho, terei que renunciar a ele.

Ébano terminou a frase chorando. José percebeu e foi a seu encontro, tomando-a pelos braços.

— Vamos viver o agora, que tal?

Quando o irmão veio correndo até Ébano, ela conseguiu, finalmente, abraçá-lo, mas acrescentou:

— Tomara que eu veja meu filho correndo desse jeito.

Alguns se espantaram com a frase. Como uma moça tão jovem e apaixonada teria dúvida de algo tão óbvio? Os visitantes foram embora. Apenas Antônio ficou, para reabrir a loja.

Aquele dia amanheceu nublado como o coração de José. Henrique se despediu como se despedem os cônsules. No semblante, a preocupação com a companheira Sara. Na calçada, Ébano segurava o filho no colo. Marina se aproximou deles:

— Não desistas, sei que é difícil. Mas oia como o Zeca oia pra tu.

José olhava para Ébano e o filho com orgulho, apesar de todos se preocuparem com sua escolha.

Já na carruagem, Sara começou a chorar e, com os braços abertos, disse algo que somente Henrique entendeu:

— Henrique, pega o neném para criarmos. Eu preciso ser mãe.

Sara se transportara à juventude, quando não havia tido a experiência de criar José como filho e a sua infertilidade era um fardo para o casal.

A carruagem partiu. José estava muito triste com a dor de Henrique e com medo de os negócios não darem certo.

AS TARDES NO ENGENHO

A VIDA DE ÉBANO virou um inferno. As pessoas mudavam de calçada para não passar perto dela. Havia comentários de todas as ordens e não era incomum ouvir: "Essa nigrinha se acha." Ela resolveu passar os fins de semana na fazenda para tentar desanuviar a mente. José mandava Arlequim pegá-la às terças-feiras.

Passaram a se ver de terça a sexta. Mas José começou a sentir falta do convívio diário com o filho e passou a reclamar.

No engenho, Jeremias gostava da presença da irmã e achava graça quando o sobrinho chorava e pegava o peito de Ébano para saciar a fome. Na biblioteca, Ébano relia os livros de sua formação.

José passou a ter ciúmes de seus fins de semana na fazenda. Preferia que a mulher estivesse a seu lado. E, por isso, desabafava com Antônio:

— Como meu casamento vai vingar se a mulher que eu amo está, a esta altura, na fazenda? Sinto falta de meu herdeiro. E não tiro de minha mente a preocupação com Henrique e Sara.

— Amigo, Ébano voltará amanhã. Posso me retirar para vocês conversarem. Mas esclarece teus sentimentos.

Enquanto falavam de Ébano, na fazenda ela assistia à tristeza de Kina. Na véspera de voltar para a Vila de São Miguel, a mãe desabafou:

— Fia, você nem imagina a falta que sinto do meu Chisulo.

— Mãe. Faço ideia, sim. Claro que sei!

— Seria bom se Nzambi tirasse Chisulo das grades.

— Mãe, talvez quem o tire seja eu.

— Como assim?

— Quando entro nesta biblioteca e leio e releio livros, vejo-me formada.

Sinhá Anita entrou na conversa, para dizer o que Ébano já sabia:

— Nenhuma mulher entrou em uma faculdade até o momento. Mas nada é impossível para você. Só um detalhe pode te impedir de alçar novos voos. Antes que tu perguntes, é o grande amor que tens por José e, é claro, pelo Zequinha.

— Sinhá, mas como ser respeitada pelos provincianos a não ser estudando e os superando em cultura?

— A verdade é que só se tu tivesses nascido no próximo século os teus desejos seriam realizados: José, Zequinha e os estudos.

O olhar de sinhá Anita era bem diferente daquele da época em que ensinara tudo o que sabia a Ébano. A jovem, então, percebeu o quanto a sinhá mudara. Estava vivendo em função dos gostos de Manuel. Os filhos vinham visitá-la apenas de ano em ano, e a solidão da casa esvaziada era preenchida pelo calor de um Manuel cada dia mais frio.

178

Naquele mesmo dia, mais tarde, ao voltar para casa, Ébano ouviu Arlequim dar com a língua entre os dentes:

— Dona Ébano, o senhor José está insatisfeito com essas vindas ao engenho. Desculpa se falei demais. É que gosto muito da senhora.

Quando Arlequim puxou as rédeas e os cavalos pararam, mãe e filho desceram da carruagem sob os olhares dos moradores da vila.

O PLANO

O PEQUENO JOSÉ acabara de mamar e voltara para o berço. José, Ébano e Antônio partilhavam o café da manhã.

— Vamos fazer o seguinte: vou expulsar-te de casa por desconfiar que estás me traindo e, mais ainda, que és uma bela de uma mentirosa. Afinal, não me disseste nada sobre a prisão de teu pai.

— Não vai dar certo. Acho que, cedo ou tarde, vão descobrir. Esta vila é minúscula. E onde ficará Ébano? — perguntou Antônio.

— A princípio, ficará ali na meia-água, para que possa alimentar José. Todo mundo vai gostar disso. Segundo eles, como amas de leite, as pretas prestam. Desculpa, meu amor, estou falando como escuto por aí.

Ébano se manteve calada. Os dois foram para a loja receber o carregamento de novidades trazidas por Tobias. Ao contrário dos produtos, as notícias vindas do Recife não eram muito boas. Sara estava variando e Henrique resolvera partir para a Europa em busca de novos tratamentos. A doença era considerada desconhecida pelos médicos locais. Uma espécie de demência seguida por choro.

Tobias entregou uma carta de Henrique a José, que a colocou no bolso da calça de tergal. Pediu licença e se dirigiu ao fundo da loja. Na companhia de caixas vazias, de papéis riscados e da soleira repleta de pó, começou a ler:

Meu filho do coração,

Desculpa se sou invasivo ao te chamar assim, mas escrevo esta carta com o coração aberto e extremamente triste, pois a mulher que amo está débil e frágil.

Quero que saibas que não tivemos filho e transferimos todo o amor possível a ti, que chegaste à nossa morada já grandinho. Muito me orgulha tua postura diante da vida, criei um abolicionista. Mais uma vez estou me excedendo. Tu já vieste criado, só demos um acabamento final.

Vamos para Viena a fim de buscar a cura de Sara ou, caso não seja possível, a melhora dos sintomas. Ela anda esquecendo nomes e até o que acabou de fazer. É muito jovem nossa Sara para tal comportamento, não achas? Outro dia, mandou Marina embora, dizendo que nunca a vira. Imagina só! Marina teve uma crise de choro e se foi. E, comigo, anda me chamando de "José, meu menino". Todos os dias algo em seu corpo dói. Desconfio que seja ojeriza à minha pessoa.

Estou bem feliz pelo nascimento de teu primogênito. Abraços em Ébano. Sei que ela atrapalha nossos negócios, mas entendo que não seja culpa dela, e sim do preconceito inadmissível de nossos compatriotas.

Não sei o tempo que passaremos na Europa. Minhas economias estão quase no fim. Pedi licença no consulado e, acredites, tu e Tobias são minha única fonte de renda.

Não tenho como te deixar capital. Sinto-me muito mal por meu comportamento, que deveria ser o de um provedor, e não o de um pedinte.

Peço novamente desculpas, pois achava que poderia sustentar-te. Manda, por Tobias, espécie do caixa. Tenta melhorar as vendas, mesmo que abras mão do amor que deveras sentes por Ébano. Ao menos por agora.

E as coisas, como estão? Escreve daí. Manda também a resposta por Tobias. Viajaremos daqui a um mês. Até lá, tua carta chega.

Abraço,

Henrique

As mãos de José tremiam enquanto a garganta se fechava, como que obstruída. Os olhos marejavam. Viu-se na primeira loja que visitara na vida, na companhia de Sara. Ela, tão jovem, esperando para ver como lhe tinha ficado o tom da camisa.

Tudo parecia bem perverso: a doença de Sara, o preconceito de todos. O que lhe restava eram o filho e os sonhos — um deles, trazer o pai biológico e os primos pobres da pequena vila onde nascera. Para isso, precisava enriquecer.

Voltou para o balcão da loja e perguntou a Tobias:

— Vais amanhã, não é? Quero que conheças meu filho. Fica lá em casa.

— Não é de bom tom, meu amigo. Tua mulher deve estar exausta e, ainda por cima, Antônio já me disse que está morando com vocês.

— Uma noite só. Tu descansas e levas a carta.

Tobias nem imaginava o que José estava tramando: o caixeiro seria o pivô para que José se separasse de Ébano, ao menos sob as lentes dos moradores da vila. Encenar a mentira era o primeiro passo para José mentir com mais desenvoltura.

Ao fim do expediente, os três caminharam de volta para casa. Ébano continuava pensativa.

O céu da Vila de São Miguel anoiteceu em estrelas e acordou com os tons pastéis da alvorada. Alguns pássaros ainda cantavam antes de adormecer.

Nas ruas da vila, o comentário era um só:

— Coitado do José. Casou-se com a negrinha, teve um filho com ela, e ela bem estava conversando com o entregador de mercadorias dele. Como pode ser tão trouxa?

Antes de Tobias partir, José lhe entregou duas cartas. Uma endereçada a Henrique e outra, ao próprio Tobias.

— Tobias, estou te explicando tudo na carta. Não fiques com raiva de mim.

Como Tobias conhecia Henrique há tempos e devia muitos favores à família, comportou-se da forma mais servil que poderia.

— Boa sorte, José. Acho que ficarás rico.

— Temos que fazer escolhas na vida, infelizmente. Ficaria mais rico se pudesse amar Ébano sem nenhum tipo de censura. Se pudesse ter muitos filhos com ela, se pudesse...

— Nem tudo é perfeito. Mas nem preciso ler esta carta, meu amigo. Não sou burro. Tu me usaste. Olha lá, do outro lado da rua, o aglomerado de gente aos cochichos.

Tobias estava se referindo às pessoas que os observavam sem se aproximar.

Ébano se aproximou de Tobias e o abraçou. Ao pé do ouvido, disse:

— Muito obrigada, protegeste meu filho.

Todos viram a cena do abraço e o disse me disse só aumentou. Tobias se foi com a carta de Henrique e, sem pecúnia, nunca mais voltou à pequena Vila de São Miguel.

A loja voltou a ser frequentada. Alguns perguntaram:

— E como anda teu filho, José?

— Bem.

— A mãe está amamentando?

— Sim, na casa dela.

Quando ele chegava à casa, Ébano não estava. Estava na casinha ao lado, mas, entre as casas, havia uma porta construída por ele e por Antônio. Eles fechavam a cortina e se beijavam.

— Até quando, José, vamos segurar essa farsa?

— Não sei te responder. Vamos viver o agora.

Eles tinham muita atração um pelo outro, mas Ébano passou a se incomodar:

— Imagina o Zequinha estudando. Vou querer passear com meu filho, receber os amigos em casa, e não poderei. Que vida terei aqui! Acho que vou até atrapalhar meu filho.

O pequeno José começou a andar dois meses antes de completar um ano. Ébano encontrou o termo de alforria e resolveu registrar o filho com o marido. O tabelião, de cara feia, averbou o nascimento.

No dia seguinte, a vila acordou com a fala afiada de sua gente, mais disse me disse:

— Agora, vejam, o menino tem o nome da mãe. Coitado, o avô está preso.

A fofoca veio parar no ouvido de Ébano pela parteira e única amiga, Elza:

— Minha amiga, não sei como aguentas esta vila. Por eles, tu não poderias nem deverias registrar teu filho, José.

Nesse mesmo dia, Ébano precisou ir à mercearia comprar suprimentos. No caminho, deparou-se com quatro mulheres que caminhavam no mesmo passo, quase marchando. Uma delas esbarrou em seu ombro e, sem cerimônia alguma, disse:

— Crioula de uma figa!

Ébano ouviu o insulto, mas manteve-se de cabeça erguida, sem se curvar. Fingiu-se de surda, o que provocou ainda mais a ira da agressora, externada numa cuspida que a atingiu.

À noite, contou a José os detalhes de sua ida à mercearia. Ele se indignou.

— Talvez fosse bom voltar ao Recife. Lá, não teremos tantas dificuldades!

— Acho uma boa ideia partirmos para lá. Tenho vontade de estudar e, quem sabe, um dia ingressar na faculdade de Direito.

— O problema é que no Recife há muitas lojas iguais à minha. Concorrência! Aqui, sou eu sozinho. Não sei se Henrique toparia o desafio. Aliás, tenho certeza de que não aceitará, por conta da doença de Sara. Preciso te mostrar a carta que recebi. Não quis te preocupar. A única fonte de renda de Henrique está sendo nossa loja e o que Tobias arrecada como caixeiro.

O rosto de Ébano deu uma murchada. Antes de dormir, insistiu:

— Meu amor, mandes uma carta para Henrique. Quem sabe ele aceita a ideia de montarmos uma loja no Recife?

— Tentarei, meu bem. Vamos fazer de tudo para ficar bem. Olha o nosso pequeno. Precisa da mãe e do pai juntos.

Amaram-se à luz do candeeiro.

Ébano sonhou com Henrique concordando em abrir a loja no Recife. Despertou sorrindo e, bem antes de José acordar, fez café e chamou Antônio. Os três tomaram café. O choro do filho fez Ébano levantar-se da mesa. Antônio confessou o quanto sonhara ter alguém como Ébano:

— Meu amigo, ando sem mulher há bastante tempo. Minha vida é só trabalhar.

— Mulher não falta! É uma questão de prioridade, Antônio.

— Tenho para mim que não é. É sorte.

— Sorte eu teria se Ébano, além de tudo o que é, tivesse nascido branca.

— Aí, meu amigo, estás querendo o paraíso.

Antes de ir para a loja, José deu um longo beijo na mulher, parecido com o primeiro beijo dado na cocheira.

Como a clientela havia retornado à loja, Ébano sequer passava perto para não atrapalhar as vendas. O único lugar que frequentava era a casa de Elza, onde passava as tardes conversando sobre os livros que lera na fazenda e sobre sua principal angústia: havia nela a constante apreensão em não perder contato com os filhos de sinhá Anita. Foi na casa de Elza que escreveu uma carta para Ester. Na carta, confessava a preocupação com sinhá Anita.

Querida Ester,

Não quero me intrometer, mas ando preocupada com tua mãe. Seria bom apareceres de vez em quando no engenho. A cada dia que passa ela está mais presa a Manuel.

Aquele brilho e a inteligência vivaz estão se esvaindo. Sei o quanto deve ser difícil voltares ao engenho. Afinal, amavas teu pai, que, para ti, foi um excelente pai.

Manda um abraço enorme para o Joaquim. Tenho saudades imensas de nossa infância. Diz que a próxima carta será endereçada a ele, que não sinta ciúmes.

Vivo, ao menos nesta vila, como ama de leite, e não como mulher do homem por quem me apaixonei...

A carta seria retomada dias depois, porque Ébano fora interrompida pelo choro insistente do filho.

Mãe e filho voltaram da casa de Elza quase noite, e, quando José foi procurá-los, Ébano quis saber se ele tinha enviado o telégrafo para Henrique.

— Meu amor, mandaste a mensagem?

— Meu bem, esqueci de dizer-te que Henrique, a esta altura, está na Europa tentando melhorar o estado de saúde de Sara.

Ébano o achou frio e pouco preocupado em saber como ela estava se sentindo naquela situação. Vivia como ama de leite e presa aos costumes da vila.

Bastou uma noite insone para que Ébano se decidisse. Tinha rolado na cama sem fechar os olhos. As horas iam passando em um ritmo lento e angustiante. Esperou José acordar, um pouco antes do sol nascer, para contar a sua resolução.

— Vou te deixar com nosso José. Para o bem dele. Senão, ele sempre será filho de escrava. A alforria não me vale de nada nesta vila miúda. Outra coisa, quero tirar meu pai da cadeia. Andei lendo as alegações do advogado, de que ele agiu em "legítima defesa da honra", só que, por ser escravo, essa tese não se sustentou. Escravo é coisa, é troço.

— Não concordo. E nosso amor, fica onde?

— Impossível nosso amor, José. Não vês? Continuaremos nos amando de outra forma, a distância.

— Como venceremos tanto preconceito? — perguntou José, olhando-a firme.

O filho chorou. Ébano deu o peito e, logo depois, estava o pequeno no berço. Ela voltou para a cama. José a abraçou. Permitiram-se estender a permanência do abraço ao máximo. Choraram juntos, depois dos vários gozos sentidos. Permitiram-se.

O filho continuava dormindo. A transa dos pais era silenciosa como o vento sorrateiro que secava as faces banhadas de lágrimas.

189

DÉCADAS DEPOIS, MARIA ANTONIETA...

— VÓ, NÃO AGUENTO MAIS. Sabe o que os Andradas me responderam?

— Calma, minha neta.

— Disseram que sou velha, vó. Imagine, já me consideram velha!

— Bola pra frente!

— Se me disseram isso... E eu sou filha de quem sou! Imagine, vó, quem não nos conhece?

— Você precisa acabar com essa arrogância. Encontrar sua verdadeira essência.

— A senhora fala de um jeito...

— Falo a verdade. Só quem ama diz a verdade. Clichê, mas a mais pura verdade.

— Vó... Minha mãe nem sabe que me separei. Se souber, vai me culpar...

— Mais uma que você precisa enfrentar. Ela é minha filha, mas garanto que, no fundo, no fundo, você puxou a mim.

— A senhora não admira minha mãe, né?

— Preciso falar mais? O que acha?

— Mas ela é sua filha...

— Sim, e por isso conheço bem seus defeitos. Se me perguntar se a amo, terá a resposta: "Sim, eu a amo, apesar de ela ter feito isso com você, apesar de me ignorar, de ser preconceituosa, de ter colocado tanta minhoca em sua cabecinha." Espera um pouco que vou pegar um cigarro... — interrompeu a avó, tossindo.

Depois de um tempo, voltou, ainda pigarreando:

— Onde paramos mesmo?

— Nas minhocas que minha mãe colocou...

— Sim. Tenho uma sugestão para você. Pegar ou largar.

— Diga.

— Tenho umas economias. Não vai dar para você ir de primeira classe, mas dá para ir na econômica.

— Não, vó. Deixe disso. Eu tenho minhas economias...

— Economias que poderão fazer falta. Eu já estou velha, não faço questão de viajar. Prefiro ficar em casa fumando meu cigarrinho, vício que não consigo largar.

— Vó...

— Sim, minha neta. Aceite. Não sei muita coisa sobre a vida de meu avô porque meu pai falava pouco dele. Falava menos ainda da minha avó. Uma pena! Ele não conviveu conosco no engenho. Nós o víamos nas festas de aniversário, quando nos dava presentes. Sempre ia sozinho, sem acompanhante.

— E sua avó? A senhora nunca a conheceu?

— Vi uma vez.

— Mas... minha mãe fala tanto dela, do quanto era elegante.

— Melhor conversarmos pessoalmente. Mas posso adiantar: a baronesa nunca frequentou nossa casa.

— Essa não! Cresci escutando o quanto era incrível descender da baronesa. Minha mãe...

— É, sua mãe, de novo...

— Vó, e seu pai? Nunca falou por que a mãe não o visitava?

— Boa pergunta. Nunca. Esse assunto era um tabu lá em casa. Se você quiser mesmo sua cidadania, procure o tronco que veio de Portugal. Comece pela vida de seu trisavô. Ele veio, salvo engano, da cidade do Porto.

— Antes, preciso conversar mais com a senhora. Podemos ir juntas até o cemitério em que meu trisavô está enterrado.

— Sim. Podemos ir juntas. Iremos a pé.

— Então façamos isso. Vou visitar a senhora na próxima semana.

— Marcado.

A avó desligou o telefone tossindo, e a tosse não era alérgica. Aquele era o início de uma pneumonia. Mas não buscou assistência. Não gostava de médicos e se vangloriava em dizer que o pai vivera muitos anos, acreditando nos bons genes.

Foi a última vez que Maria Antonieta falou com a avó. Terminada a ligação reservou um voo para o Porto, seguindo seu conselho. Antes passaria em São Miguel.

No dia seguinte, a mãe lhe telefonou:

— Filha, sua avó acaba de falecer. O enterro será amanhã.

De malas prontas, Maria Antonieta partiu para a cidadezinha, sem esquecer de levar o Matias.

193

NO CEMITÉRIO

CHEGOU CEDO, ANTES do velório da avó. Percorreu todo o cemitério e, no labirinto de tumbas, buscou o mais antigo de seus ascendentes, o que veio de Portugal. Poderia, com a comprovação de sua descendência, conseguir a dupla cidadania.

Como um quebra-cabeça a desvendar, procurou a tumba da trisavó e não a encontrou. Muito menos as de outros parentes da linhagem dos barões. Havia somente tumbas do tronco masculino da família. *Onde estará enterrada a mulher de meu trisavô, a baronesa de quem todos falam?* Aquilo continuava a incomodando, e buscava respostas. As sessões de terapia abriram portas para o autoconhecimento. Buscava incessantemente descobrir, com os próprios olhos, o que lhe haviam negado a vida inteira: a verdade. Passou a discordar da importância de ser descendente da baronesa: *De que vale tal linhagem, se me encontro desempregada e sem perspectiva?*

Estranhou não ver a tumba da trisavó. Os ossos do trisavô estavam guardados no refúgio de uma capela pintada de branco com frisos marinhos. *E os dela, onde estarão?*

Ao velar a avó, encontrou-se com os pais, que lhe perguntaram sobre Tadeu. "Separei-me", disse de forma libertadora. A mãe a censurou com o olhar, ao contrário do pai, que ao pé de ouvido lhe perguntou se estava mais feliz. "Sim, pai, estou tentando ser gente." De quebra, sentiu o abraço do pai e um olhar de cumplicidade. "Você encontrará o caminho, minha filha." Após o enterro, Maria Antonieta permaneceu no cemitério até o sol se pôr. Ajoelhada diante do epitáfio da avó, sentiu um aperto no peito — poderiam ter convivido mais. Chorou como uma filha chora a perda da mãe. Se tivesse que escolher, diante de duas mãos a salvar em um precipício, a da avó ou a da mãe, preferiria salvar a da avó. A mãe perquiria os gestos e a fala da baronesa, mesmo sem ter convivido com ela, nem ao menos tê-la conhecido.

Depois de sair do cemitério, foi dormir na casa da avó. Antes de adormecer ao lado de Matias, tomou dois comprimidos de ansiolítico.

Despertou com o sol no rosto e dor no estômago, não quis comer. Recebeu um envelope pardo das mãos da acompanhante da avó. Dentro dele, algumas fotografias do bisavô, da avó quando criança ao lado dos irmãos e da mãe. Uma carta, o cartão do banco e a senha.

Ela não quis abrir a carta na hora. Tomou café, agradeceu a acompanhante por toda a ternura dedicada à avó:

— Grata por ter cuidado da minha avó. Posso deixar o Matias com você?

Matias miou e a olhou com carinho.

— Claro, adoro gatos! Só não demore muito, senão me apaixono e não te devolvo.

O táxi chegou, e, a caminho do aeroporto, ela começou a ler a carta.

ÉBANO PARTE DA VILA DE SÃO MIGUEL

ÉBANO PARTIU PELA MANHÃ. José ainda tentou impedi--la, mas ela, mais uma vez, disse que estava livrando o filho de dificuldades futuras. Saiu moída por dentro, mas antes lembrou ao marido:

— Explica a nosso filho o motivo de eu ter ido embora. E lembra-te: tu és e sempre serás o grande homem de minha vida, depois de meu pai.

Ela seguiu até o fim da rua e, sem que José notasse, virou-se para vê-lo pela última vez. A imagem era a de um homem derrotado, de joelhos, certamente chorava.

Ela partiu em direção ao engenho. Queria se despedir da família e dos amigos. Ao chegar lá, causou surpresa:

— Fia, que doidice! — disse Kina.

— Bem disseste: sou preta e ele é branco. Impossível viver com ele e ainda criar um filho mulato. Sem mim, meu filho será branco.

— Mas...

A conversa foi interrompida por sinhá Anita:

— Boa sorte, Ébano. Imaginei que isso aconteceria. Podes deixar que sempre olharemos o pequeno José.

Ébano saiu com uma carta de recomendação de sinhá Anita para estudar como ouvinte na faculdade de Direito da Bahia. A sinhá entregou também um envelope com o endereço de um pensionato para moças. Tudo parecia arquitetado desde o dia em que conversaram, logo depois do nascimento de José.

— Tua inteligência mudará nossa posição de mulheres vassalas a mulheres atuantes. Eu te admiro muito por tua coragem.

Essas foram as últimas palavras que ouviu de sinhá Anita, que, apesar de incentivar a atitude de Ébano, tinha se acomodado no papel de esposa, sem questionar mais sobre o mundo. Tinha substituído totalmente a leitura pelos bordados e receitas de pratos feitos apenas para agradar o companheiro.

Ébano saiu acompanhada pelo cocheiro Arlequim e por Manuel. O navio sairia de Recife e aportaria em Salvador. Chisulo continuava preso na cadeia pública do Recife. Manuel e Ébano haviam tentado vê-lo, sem êxito. Conseguiram somente que o bilhete de Ébano fosse lido pelo carcereiro: "Meu pai, vou fazer de tudo para te tirar da cadeia. Tentarei estudar. Sei o quanto é difícil para nós exercermos nossas vontades. Eu mesma me senti impedida de ser mãe. Eu te amo e só te peço uma coisa: resiste!"

O conteúdo do bilhete trouxe a Chisulo a imagem de Kina e de Ébano sorrindo. Viu-se no meio das duas, criando o filho como se fosse seu.

Enquanto o carcereiro lia o bilhete, Ébano estava no saguão do cais do porto do Recife, sozinha. Ali, encontrou-se com Marina, a velha escudeira de Henrique e Sara.

Em pouco tempo, resumiu para a mulher o que estava sentindo:

— Como está sendo difícil renunciar ao meu casamento e ao meu filho! Caso exista um Deus, acredito que nem ele me perdoará.

Marina olhou para os lados, o saguão estava vazio. Sentiu-se à vontade para abraçar Ébano e lhe dizer:

— O Zeca bem que podia ter vindo pra cá. Mas se você visse o jeito que dona Sara tá, vai perdoar ele. Ela não reconhece ninguém e tá como criança. Saí de lá, estou trabalhando na casa de outra família. Seu Henrique fechou a casa e foi-se embora com ela.

Via-se no rosto de Ébano a mágoa pela indiferença de José e por seu conformismo diante da decisão de Henrique. Por um instante, pensou em perguntar a Marina sobre a possibilidade de mudar a loja para o Recife, mas conhecia a opinião dela e sabia que ela acreditava não poder interferir no jeito de pensar do "seu Zeca".

Caso tivesse se encontrado com Henrique, teria visto o quanto o rosto dele tinha envelhecido e se sentiria incapaz de pedir que apoiasse a vinda de José para o Recife, ainda que essa fosse a única chance de seu amor dar certo.

Despediu-se de Marina, e Manuel, por fim, apareceu com os bilhetes. Ébano entrou no navio para Salvador, deixando Marina atordoada, sem saber para onde ia, perdida e sem chão.

Do convés, Ébano avistou o centro do Recife e o burburinho de pessoas. Conseguiu até entender, em parte, a resistência de José em abrir uma loja e ter inúmeros concorrentes.

A FACULDADE DE DIREITO

MANUEL FICOU POR uma semana em Salvador, tempo suficiente para organizar a vida de Ébano. A princípio, a faculdade negou seu ingresso, alegando que seria necessário fazer uma prova para medir seus conhecimentos. Até aí, tudo razoável. O que não foi plausível foi a assertiva:

— Mas, mesmo passando, teremos que levar teu caso para o conselho. Afinal, não temos nenhuma mulher em tão tenra idade, e muito menos negra, em nossa instituição.

De Ébano, escutou-se:

— Eu sou alforriada, sou livre. Isso não conta?

— Sim, conta um pouco. Mas conta mais ainda a contribuição que o engenho está nos oferecendo.

Ela fez a prova. Escreveu uma carta para José e outra para sinhá Anita.

Quando José recebeu o envelope, estava com o filho nos braços. Encontrou a fotografia que Ébano enviara e leu o bilhete direcionado ao pequeno: "Sonho contigo todos os dias. Um dia hei de te ver, e esse será o dia mais feliz de minha vida." A carta endereçada a ele preferiu guardar, como se guarda uma joia, a ser lida ao pé da cama. Quando a noite se encarrega de trazer o silêncio, também se encarrega de trazer a solidão.

203

A sinhá colocava as cartas no baú da biblioteca depois de lê-las. Lá estavam as de Ébano e as dos filhos, Ester e Joaquim.

Apesar do bom resultado na prova, a resposta da faculdade de Direito só viria cinco anos depois. Durante esse tempo, Ébano trabalhou como babá na casa de um comerciante rico. Contava histórias para a criança que tinha a idade de seu filho — dois anos. Apaixonou-se por ela como se seu filho fosse, e, quando ia embora, por volta das sete da noite, escutava seu choro. Quando saía, os patrões reconheciam que "uma babá como essa não se arruma facilmente".

Nos passos de Ébano até o pensionato, havia saudades do que perdia — o crescimento e as conquistas do filho, o prazer de ser mãe. Havia determinação em mudar o que se pensava ser impossível: a liberdade do pai Chisulo e a dela própria.

As folhas caíram, depois um vento cortante assolou Salvador. Vieram as chuvas e o sol implacável. Vez por outra, uma brisa soprava e tornava os dias mais suportáveis para Ébano.

Na Vila de São Miguel, os negócios de José prosperavam. Cuidava do filho com a ajuda de Tatá, designada por sinhá Anita para dar suporte na criação do pequeno. Antônio agora ganhava um salário mais alto, o suficiente para que enviasse uma carta chamando os pais para o Brasil.

Mesmo em condições de chamar o próprio pai, José ainda se sentia inseguro com a reação dele.

— Antônio, acho que meu pai não vai me perdoar. Ninguém faz isso, deixar um pai perdido no cais e fugir para uma terra tão longínqua como esta.

O amigo dizia que achava fácil perdoar. Afinal de contas, quantas misérias tiveram que suportar naquela época? E quantas mortes? Inúmeras!

José preferiu observar primeiro se os pais do amigo responderiam para então criar coragem e mandar uma carta ao Porto, que depois seria enviada para a vila de Sabrosa.

Passados cinco anos e alguns dias desde que tentara ingressar na faculdade, Ébano finalmente foi convidada a participar das aulas de Direito como ouvinte. O curso seria noturno e, a princípio, não seria validado. Caso tivesse boas notas, talvez pudesse ser aceita como aluna, mas iam verificar. Futuramente era possível que seu diploma fosse validado — mediante nova consulta ao conselho.

Ébano agradeceu a oportunidade e mergulhou nos estudos. Todas as noites, escrevia cartas para José e o filho. Adormecia amargurada, com a ideia fixa de que José bem poderia renunciar ao sonho de ficar rico, até que se lembrava do semblante de Henrique e das histórias que o próprio José contara. Sua vinda naquele navio fétido, a morte da mãe e o instinto de sobrevivência. Ela conseguia entendê-lo, o que não significava que não quisesse estar cada segundo a seu lado. Como não podia viver essa realidade, conformava-se em sonhar.

Por anos a fio, escreveu histórias nas quais acompanhava o crescimento de José e dos outros filhos que veio a ter. Juntos, eles formavam um time de *football*, esporte que, segundo ouvira dizer, tinha sido criado na longínqua Inglaterra. Por lá, as mulheres já frequentavam as universidades. Pelo menos as mulheres brancas. As negras estavam nas colônias.

José mantinha-se fiel ao amor impossível de Ébano e não olhava para ninguém que não fosse o filho. "Quero que cresças com saúde, fiques rico e sejas feliz", mentalizava todos os dias.

A SOLIDÃO DE JOSÉ

OS CABELOS DE JOSÉ branquearam-se antes do tempo, e a sensação de que poderia ter ido morar no Recife o assolava em sonho. Se estivesse com Ébano, já teria tido outro filho. Acordava sentindo a presença da esposa e tinha certeza, como de fato acontecia, de que ela também sentia sua falta.

Mandava para Henrique quantias para custear o tratamento de Sara. Sem notícias dos dois havia bastante tempo, resolveu telegrafar ao consulado. De volta, confirmaram que Henrique tinha pedido licença e que ainda se encontrava em Viena tratando da esposa.

Já caminhando com as próprias pernas, decidiu procurar o pai biológico, a propósito do aniversário de oito anos de José.

— Antônio, meu filho está crescendo e não conhece o avô. Tu, que mandas dinheiro para teus pais, tens notícia do meu?

— Evitei perguntar, José. Afinal, não fui autorizado a dizer que estou trabalhando contigo. Acho que serias a pessoa ideal para contar, e tu?

— Estás certo, mais do que certo. Tenho que deixar de ser covarde.

Nesse dia, ele deixou o filho com Tatá e Antônio e foi até o correio enviar uma carta:

207

Meu amado pai,

Perdoa-me.

Estou mandando um dinheiro em nota promissória. Sei que por aí ainda há doenças e que os portugueses não são donos desses pedaços de terra, tudo está na mão dos ingleses. Diz quando tu poderás vir e, se quiseres, traz meu primo Ageu. Tenho uma loja, e ela está indo bem. Há emprego para ele. Vais adorar o Brasil e, é claro, conhecer o teu neto.

Com amor do seu filho covarde,

José

Todo dia José passava no correio. Sempre pegava as cartas de Ébano. Agora, estava ansioso para receber as dela e, também, algum aviso do pai. O filho crescia vivendo como branco e passou a estudar no colégio da elite. José dava dinheiro para a escola e para a paróquia, e a vila só tinha a lhe agradecer.

Ébano se formou e se especializou em advocacia criminal, mas não foi autorizada a exercê-la. Como sua oratória era brilhante, passou a participar do tribunal de júri simulado pela faculdade.

As cartas a José foram rareando, mas ela continuou a escrever, em forma de diário, seu cotidiano, como se estivesse na presença do filho e do marido.

Tempos depois, o conselho decidiu que Ébano poderia exercer a advocacia caso fosse tutelada por um advogado. Com o diploma na mão e ainda trabalhando como babá, tinha que arrumar um escritório e um tutor, algo que não seria fácil.

Dez anos haviam se passado desde a última vez que estivera com o filho. Desde então, só o vira em fotos.

Escreveu para sinhá Anita contando a proeza da formatura:

Minha eterna sinhá,

Tenho boas novas, me formei! Sou a primeira mulher negra alforriada a se formar, mas ainda não posso exercer a advocacia de forma plena. Quero muito te ver. Como está meu pequeno?

Beijos,

da sua Ébano

Escreveu para José contando o mesmo fato. Estranhou quando só teve resposta da sinhá:

Querida Ébano,

Pois bem, vem logo, antes que eu morra de saudades. Tua mãe, Kina, também não cabe em tantas saudades, e teu irmão, tu não o reconhecerias de tão bonito que está. Teu filho, então...

Um abraço da sua amiga,

Anita

Ébano pediu para sair da casa onde trabalhava em Salvador e voltou ao Recife. Passou na cadeia pública, viu o pai. Pediu vistas dos autos em nome do advogado que o representava e os levou consigo na carruagem.

Chegou à Vila de São Miguel e foi diretamente para a loja. Não reconheceu, a princípio, a pequena loja de dez anos antes. Agora, tinha o dobro do tamanho. No caixa, encontrou a amiga parteira, Elza.

— Meu Deus, uma aparição. És tu, Ébano?

— A própria. Vim ver os dois. E, é claro, tu também.

As duas se abraçaram. Elza lhe disse que José estava orgulhoso e que comentara sobre a conclusão do curso de Direito.

— Eu bem que poderia tentar entrar para a faculdade de Medicina, não é?

— Sim, claro. Darias uma ótima médica. Tenho certeza disso.

José escutou a voz de Ébano e saiu de imediato do almoxarifado. Depois, veio Antônio.

Os fregueses estranharam a alegria na loja e arrumaram um jeito de não participar.

— A vila continua igual — comentou Ébano ao notar que uma senhora se afastara. — Nem formada eles me toleram.

Ela passou em casa e quase não reconheceu o filho. O menino, acanhado, ignorou a mãe. Mesmo assim, ela o beijou. E percebeu quando ele limpou o beijo.

— Filho, ela sempre te amará, é tua mãe — disse José, mas não questionou nem repreendeu a atitude do filho.

Ébano e José se deitaram juntos— e fizeram sexo como animais. Ainda havia atração entre os dois. Ele percebeu, porém, que magoara Ébano, e que a emoção não era a mesma. Era como se o amor tivesse perdido a guerra para outros sentimentos não tão nobres. Uma década sem se verem servira para afastá-los. Conversaram a noite inteira, depois de trocar fluidos.

— Ébano, meu pai não me respondeu. Eu o chamei para morar aqui, mandei dinheiro, mas até agora, nada.

— E quanto tempo faz?

— Dois meses.

— Deve ter acontecido alguma coisa.

— Sim, estou preocupado. Aliás, ando preocupado com meus dois pais. Henrique também não voltou de Viena, acredito que Sara deva ter piorado.

— Ou, quem sabe, morrido.

— E tu? Arrumaste algum namorado?

— Nunca. Meu namorado é o Código Penal.

— Antes que me perguntes, não arrumei nada sério. Só algumas necessidades de homem.

— Como assim?

— Sexo. Só sexo.

Ela virou um bicho. Revoltada, chorando, começou a esmurrá-lo.

— Perdoa-me, meu bem! Perdoa-me.

— Tu és um fraco, nasceste branco e vil!

— E tu? O que és, além de uma fraca que não aguenta cusparadas no rosto? Abandonaste teu filho e a mim. Queres que eu repita?

Naquela casa, há anos, os dois haviam sido felizes por instantes.

— Não precisas me dizer mais nada — finalizou Ébano.

Dormiram de costas um para o outro. No dia seguinte, Ébano seguiu até o engenho com Tatá e o filho. No caminho, procurou se aproximar do pequeno, mas a única informação que conseguiu foi de que ele gostava de gemada.

— Ah, então te farei uma gemada assim que chegar ao engenho de sinhá Anita.

Lá, encontraram a sinhá acamada, e Ébano resolveu preparar a gemada para os dois.

O cenário não era bom. O engenho estava passando por uma crise financeira enorme, que reduzira a produção à metade. E a sinhá estava com malária em estágio avançado.

Foi o tempo de Ébano chegar e passar duas noites. Com o canto do galo no início da manhã, veio a notícia de que sinhá Anita não acordara. Morrera como um pássaro. Manuel só percebeu quando foi beijá-la, como fazia todas as manhãs. Prepararam-na para os ritos e mandaram chamar os filhos.

Ébano se recolheu, permaneceu no engenho por mais um mês, depois levou o filho de volta para o pai, junto com o baú de cartas de sinhá Anita.

— José, guarda este tesouro e depois o mostra para nosso filho. Não tenho coragem de entregar agora. Apesar de fraco, quero que tu sejas feliz. Agora, vou ao Recife tentar tirar meu pai da cadeia.

— Ébano, antes que vás embora de novo, quero que saibas que foste o grande amor de minha vida.

— Eu sei. Tu também foste.

Quando Ébano cruzou a rua para entrar na carruagem, escutou o mensageiro gritar:

— Urgente, urgente!

Voltou então à loja e leu, junto com José, a notícia de que o telegrama que ele enviara ao Porto tinha voltado, em razão da morte do destinatário.

Os dois choraram juntos, e ele, como uma criança, disse:

— A última imagem que tenho de meu pai é dele me procurando naquele porto fétido cheio de cólera.

Ébano desistiu de voltar ao Recife e ficou por mais alguns dias na Vila de São Miguel.

Uma semana depois chegou mais uma notícia. Agora, vinda de Henrique:

José,

Sara acaba de falecer. Terei que enterrá-la aqui em Viena.

Um abraço do seu pai brasileiro,

Henrique

Ardido de tantas perdas, José olhava para o filho.

A vila mostrava-se arisca, e os resmungos a Ébano eram frequentes. Ela aguentou o quanto pôde, até o dia em que chamaram José na escola para dizer que o filho estava sendo alvo de zombarias. As outras crianças não entendiam por que a mãe dele era preta feito o céu sem estrelas e, ainda por cima, tinha aparecido do nada depois de dez anos.

Antes de partir, Ébano deixou todas as cartas que redigira enquanto estava na Bahia. Abraçou José de forma longa e sentida e, depois de vê-lo menos inconformado, disse:

— Arruma uma mulher boa para ti. Eu aguento meu ciúme. Ou isso, ou me mato.

E saiu, dessa vez sem olhar para trás. Em seus pertences, algumas cartas de José e uma camisa velha do filho, impregnada de seu cheiro, para suportar a ausência. Não se despediu do menino.

A LIBERDADE A CONTA-GOTAS

ÉBANO DESTRINCHOU O processo do pai e passou a frequentar reuniões do Partido Republicano, mesmo sem direito a fala. Trabalhava em um escritório de advocacia sem ganhar nenhum tostão e sua permanência no Recife só se tornou possível graças à quantia dada por Joaquim e Ester após a morte de sinhá Anita.

Nas madrugadas, dedicava-se aos estudos de Direito, tendo como propósito assumir o processo do pai, e redigia cartas ao filho José. A rotina a fazia esquecer a solidão. Seu semblante tornara-se maduro; seus gestos, endurecidos.

Nove anos haviam se passado desde a conclusão da faculdade, e, apesar dos pedidos de vistas e de revisão do processo, não obteve êxito em soltar o pai.

Os cabelos de Chisulo já tinham se tornado brancos quando a Lei Áurea foi assinada: raiava o ano de 1888.

O filho, José — o Zequinha de Marina —, aos 22 anos era o único herdeiro do homem que abrira sucursais da loja de importados por toda a região.

A BARONESA SE ENCONTRA COM JOSÉ, POR ACASO, NO RECIFE

JÁ DE CABELOS BRANCOS, José foi visitar Ébano no Recife. Bateu em sua casa, e tomaram café da manhã juntos. Ela estava prestes a tirar o pai da cadeia e ele lhe contava as notícias:

— Tenho boas novas. Nosso filho acaba de comprar o engenho de sinhá Anita. O lugar está arruinado, terá que trabalhar muito a terra.

Sem deixar de notar que na casa de Ébano nem comida tinha, disse:

— Preciso te deixar um dinheiro. Necessitas dele, estou a perceber.

— Não, José, não quero dinheiro algum. Está dando para viver. Esqueceste que te deixei um filho para criar? Um filho que, tenho certeza, jamais me perdoará?

Sem que Ébano visse, ele deixou um envelope cheio de contos de réis.

Ao sair da casa de Ébano e virar a rua Direita, encontrou-se com Isadora, agora conhecida na cidade como "A baronesa".

— Não acredito! És tu, José?

— Eu é que não acredito!

Na turbulência da cidade grande, o Recife efervescia. Foram almoçar e se demoraram. Contaram o que viveram em duas décadas. José omitira o filho e Ébano.

Isadora já era considerada uma vitalina, pois, aos quase quarenta anos, ainda não se casara.

— Queres dizer que tu me esperaste esse tempo todo?

Sem cerimônia alguma, deslocados da época e do tempo, foram para a casa de Isadora e tiveram uma tórrida noite de amor. Há tempos, José não transava com tanto desejo. E mais abismado ficou quando percebeu que Isadora era inexperiente. Depois da transa, olhou bem nos olhos dela:

— Preciso te dizer algo importante: Sou casado e tenho um filho.

Isadora gelou e logo em seguida o encheu de perguntas e afirmações:

— Queres dizer que és casado e não me disseste nada? Estás traindo tua esposa? E ainda por cima tens um filho com ela? Onde fui me meter? Perdi minha pureza achando...

— Não é nada disso que estás a pensar, nada disso... Já fui casado, hoje sou amigo dela. Apesar de que, confesso, amei-a demais — disse com os olhos marejados.

— E por que a deixaste? Diga-me, por quê?

— Se eu te falar que a sociedade não aceitou, acreditarias em mim?

— E como ela abandonou o próprio filho?

— Não a julgues, por favor. Ela agiu para o bem dele.

Tomaram café juntos, e Isadora permaneceu desconfiada. Maculada em sua honra, dispôs-se a se casar com José, mas havia um obstáculo — ele ainda era legalmente casado com Ébano.

NO ENGENHO E NA METRÓPOLE

ISADORA CONHECEU o filho de José e não quis desenvolver qualquer tipo de afeto. Resolveu morar na mesma vila, mas não na mesma casa que eles.

— Ele tem mãe, e eu jamais desejaria substituí-la. Vamos morar em casas separadas.

A distância entre uma casa e outra era de pouco menos de um quilômetro.

As estações se sucediam. O trote dos cavalos nas carruagens trazia mais e mais mercadorias. José enriquecia e mantinha correspondência com Ébano. Ela vibrava a cada nova conquista — uma delas, a de ter conseguido vista para rever o processo do pai. José enviava como resposta cartas e as fotos do filho crescido. Em uma das últimas cartas, escrevera:

Ébano,

Mando por aqui uma quantia.

Como estás de coração? Conseguiste encontrar alguém à altura de teu amor? Eu fui agraciado por sentir esse teu amor. Estou gostando de uma baronesa, mas ela não mora comigo ainda, não até nosso filho trilhar seu caminho.

Do seu eterno amor,

José

José tinha dado ao filho uma boa quantia, e, com o dinheiro, ele havia comprado o engenho dos filhos de sinhá Anita, que não tinham intenção de abandonar a vida na cidade. Com as terras, tornou-se independente financeiramente. Diante da relação do pai com a baronesa, sentiu que, finalmente, era a hora de ir morar na fazenda e recuperar as terras.

— Filho, segue teu caminho — despediu-se José, pressentindo que o filho ficaria rico.

Ainda sem esposa, o rapaz ia todos os dias observar o engenho. Mantinha uma certa distância da vó Kina, mas não deixava de ampará-la. Deixou que ficasse na casa-grande e contratou o tio Jeremias para ser seu braço direito.

Reservado, lia com frequência as cartas que a mãe lhe escrevia, mas não respondia a nenhuma.

Enquanto isso, na metrópole Recife, Ébano conseguiu rever a pena do pai. Ele não ficaria preso até a morte, e sim apenas mais quatro anos.

De madrugada, como se conversasse com as estrelas, ela dizia:

— Desejo prosperidade aos meus Josés.

Depois, pegava o diário e rascunhava frases soltas, poemas e histórias curtas.

Passou a publicar no jornal *O Povo*, de cunho republicano. Assinava com um pseudônimo masculino: Orfeu.

Suas histórias passaram a fazer grande sucesso, e Ébano passou a escrever romances.

O ENTERRO DA MÃE KINA
E O REENCONTRO COM O FILHO

JOSÉ TELEGRAFOU:

ÉBANO, SUA MÃE MORREU.

E lá se foi Ébano para o engenho. Deu de cara com seu único filho, que, ao vê-la, ficou impassível. Ela tentou abraçá-lo, mas os braços dele não acompanharam o gesto. Aconteceu na frente de todos. Ela ficou pouco tempo e partiu do engenho aos prantos ao lembrar da voz da mãe contando a lenda da mula sem cabeça.

Acompanhada do ex-marido, foi até a vila e, apesar da insistência dele, não quis conhecer a baronesa.

— José, agora não volto mais. Fui convidada por uma faculdade da França para me especializar em Direito Penal… O que perdi não conseguirei de volta.

Antes de Ébano partir para o Recife, ele a beijou no ponto mais úmido da face. Arlequim fez que não viu, e torceu pela volta de Ébano.

— Arlequim, pare os cavalos! — disse José antes da entrada da Vila de São Miguel.

Não precisou dizer mais nada. Arlequim entendeu que ele queria ficar a sós com Ébano.

— Vou catar uns cajus — disse Arlequim.

Na carruagem, os dois fizeram sexo. Arlequim pegava os cajus e torcia pelo retorno de Ébano. A transa demorou bastante, como uma última vez, porque não havia mais espaço para o retorno. O sol se punha e a brisa do outono passou a tocar em seus corpos.

— Não posso voltar — disse Ébano.

— Não podemos mais, sei disso.

Arlequim escutou o grito de José:

— Vamos partir, Arlequim!

Ao chegarem à vila, José foi para casa e Ébano seguiu para o Recife com Arlequim. Mais uma vez, sem olhar para trás, ela sumiu, no meio do pó seco da estrada de barro.

No caminho, manteve-se calada. Pararam em vários locais para dormir. Ela apreciava a paisagem constante de um mar cor de esmeralda e as noites que demoravam a passar. Sem sono, escreveu uma carta ao filho, hábito que nunca abandonara.

Nas cartas, dizia o quanto o amava. E que tinha certeza, ah, como tinha, de que, se não tivesse ido embora, ele jamais conseguiria ter status de branco. "Quero que tenhas uma lápide e que não sejas enterrado no brejo, como as vacas são enterradas."

Chisulo saiu da cadeia no tempo previsto. Velho, resolveu voltar para o engenho e conhecer de perto o filho de Kina e seu neto José.

Ébano cruzou o Atlântico e ficou em solo francês. Continuou escrevendo até os cabelos mudarem de cor e ficarem todos brancos.

NÃO FOI DE NAVIO, FOI DE AVIÃO

MARIA ANTONIETA VIAJOU na classe econômica até a cidade do Porto. No saguão do aeroporto, irritou-se ao escutar o latido de um cachorro. O bicho estava em uma caixa de transporte e seria despachado e colocado no compartimento de bagagens. Reparou que estava envolto em um cobertor antialérgico. De súbito, lembrou-se dos homens esquecidos nas ruas, abandonados, sujos e maltrapilhos, que sonham com um cobertor.

Ao chegar a Vila Real, foi até o cartório para fazer a busca pelo trisavô — no caminho, torcia para conseguir localizar algum antepassado. "O Brasil não dá mais, preciso mudar de ares."

Localizou a Vila de Sabrosa, onde o trisavô nascera. Em um carro alugado, partiu pelos vinhedos, rasgando as montanhas de Trás-os-Montes.

SABROSA

AS RUAS ERAM FEITAS de pedra e se mantinham assim. No caminho até a igreja secular, avistou a casa de Fernão de Magalhães. "A terra é redonda", ele disse. E, como todo português que se preze, foi um navegante.

Teria sido dessa forma que meu trisavô chegou ao Porto? Cruzando o rio Douro? Navegando?, pensou Maria Antonieta.

O trisavô sobrevivera e saíra do Porto. Sua terra, Sabrosa, do alto parecia ter assistido à sua trajetória. A lua, as estrelas o guiaram, como a todos que desejavam conhecer outros mundos. A começar por Fernão de Magalhães, que circundou a terra e disse o que muitos nem tinham ideia.

Em Trás-os-Montes, a lua continuava iluminando a vida dos aldeões. De Sabrosa, Maria Antonieta conseguiu ver a ponta de um rio que deságua no Porto. Para alcançar o rio é necessário preparo físico. Os irmãos de José não o tiveram. Morreram antes, as pestes os levaram.

Do rio, viram as aves levando o adubo para semear em outro lugar, como a trajetória do menino pobre nascido em uma taberna. O inverno congelava os ossos. Aos quinze anos, o menino partiu. Por ídolo tinha Fernão de Magalhães.

Maria Antonieta não encontrou antepassados, mas se sentiu forte o suficiente para ler a carta da avó na praça da pequena Sabrosa. Do banco, avistou o rio Douro. Enquanto lia, chorava. E, ao terminar de ler, quis abraçar a avó e perguntar: "Por que você não me contou a verdade sobre minha trisavó? Sim, vó, eu estou descobrindo minha verdadeira essência."

Retornou à Vila de São Miguel diferente, como se tivesse vivido muitos anos e estivesse pronta para recomeçar. Alugou um carro e passou na casa da avó para pegar Matias e seguir rumo ao engenho da família que só conhecera na infância.

O CAMINHO ATÉ O AMOR

AS FAZENDAS SE MISTURAVAM. A usina sucateada estava com a porteira fechada. Na frente, havia um mural descascado em que mal se lia a data da construção. Ela pensou: *Duzentos anos antes de meu nascimento*. Ainda procurou pela tumba da trisavó cor de ébano. *Estará enterrada no engenho que desbravarei? Ou estará em algum cemitério clandestino?*

E quantas perguntas a invadiram, e quantas lacunas a assombraram!...

Ela teria morrido antes ou depois do trisavô? Ele nascera em 1851, conforme marcado em seu epitáfio, e vivera até meados de 1927. Na lápide, não se conseguia visualizar dia e mês, porque tudo fora pintado de branco.

Maria Antonieta chegou ao engenho e foi ao encontro do Custódio, morador mais antigo da fazenda. Ele se lembrou dela, mas ela, não. Seguiram de carro até a casa-grande. Ele, em tom de desistência:

— Aqui já houve muita fartura, agora a usina é só sucata. Uma tristeza, não é, minha senhora?

Ficou constrangida em ser chamada de senhora por um homem de cabelos brancos. E, antes que pudesse pedir que não a chamasse dessa forma, ele continuou:

229

— A capela de Jequié está intacta. Vamos lá pra senhora ver?

Ao ouvir Custódio, as lembranças aos poucos chegavam, fazendo com que se esquecesse de pedir para não ser chamada de senhora. Vívidas eram as imagens do casamento, das flores, do canavial verde-esmeralda, das mãos do pai, da sanfona — toda a alegria que ela achava que jamais tinha vivido.

— O senhor lembra quando o Rei do Baião veio tocar aqui? Eu devia ter uns...

— A senhora lembra? A senhora tinha uns quatro anos de idade! O Gonzagão tinha uma sanfona da muléstia!

— Lembra as músicas que ele tocou?

— Se eu falar que não me alembro porque estava no campo cortando cana, a senhora não ia acreditar.

A menina da casa-grande lembrou. Não só lembrou como aumentou:

— Recordo-me do reisado e, de outro dia, dele tocando seus sucessos.

Saíram do alto da igrejinha e continuaram de carro. Em cada parada, o olhar de Maria Antonieta radiografava a área. Ficou a imaginar se a trisavó estaria enterrada ao pé de alguma árvore. Teria servido de adubo para o cajueiro?

Retornou para deixar Custódio em casa. Não quis entrar. Preferiu continuar sozinha até a casa-grande, como se assim pudesse resgatar mais facilmente as memórias.

AS LEMBRANÇAS DESLEMBRADAS

AINDA NO TRAJETO até a casa-grande, ela parou o carro em um ponto alto e avistou o horizonte. Lembrou-se do dia em que a sombra das labaredas foi até o teto. Grandes chamas alaranjadas avançavam os limites do canavial. Era madrugada quando sentiu o cheiro de fósforo queimado. Não era, porém, uma brincadeira de criança, que carrega uma caixa de fósforos para a solidão de um banheiro e testa a qualidade desses objetos ou admira a beleza da brasa. As chamas eram enormes, colossais, subiam até o céu estrelado. A lua mudara de cor: entre o vermelho e o amarelo, parecia um sol.

A princípio, achou que se tratava de um sonho, mas a lembrança veio à tona e isso lhe causou uma sensação de pertencimento, porque se conectava com a infância. Ela se esquecera dos momentos com o pai, tão ausente. Naquele dia, ele parecia apavorado, frágil. Como em um filme redescoberto nos confins da memória, ela escutou a pisada forte das botas do pai e seu urro na janela do quarto em que dormia.

— Meu Deus, perdemos a safra inteira.

Naquele momento, ela queria saber pilotar um avião e jogar água do céu. Tonéis, zilhões de litros de água. Mas lhe restava torcer para alguém conseguir controlar o fogo.

Ao longe, via-se o chapéu do avô e os bonés dos trabalhadores. Ficou na varanda com os dedos das mãos em figa.

— E agora toda a safra se foi... — Ainda ouvia o pai.

Naquela época, ela sabia bem o sentido de sacrifício e, naquele momento, ficou muito feliz de ter reencontrado a criança que um dia fora.

Depois do incêndio, eles se mudaram do engenho e foram para a cidade. Viveram o período de negação. Agora, Maria Antonieta gostaria de estar ao lado de seu analista para contar sobre esse reencontro com a Maria Antonieta que a avó tanto dizia conhecer, a menina que mal sabia falar.

O PERCURSO

CONTINUOU NO CARRO. O percurso até ali, pela estrada de pedregulhos pontiagudos, era lento. Ao chegar à casa-grande, seus olhos desejaram encontrar a longa escadaria. Em vez disso, deparou-se com um matagal. Procurou pela goiabeira, aquela onde trepava para se esconder dos olhares da mãe e de dona Maria, a cozinheira que exalava perfume de chocolate.

O olhar da avó pareceu acompanhá-la em todos os cantos da casa. Atravessou o matagal e conseguiu entrar na sala, onde não encontrou o sofá estofado em couro de onça nem a cadeira de balanço onde o avô lia o jornal.

Vislumbrou a foto dos bisavós, os dois se olhando. Ele, mestiço, usando suspensório e exibindo uma barriga avantajada. Ela, branca, também acima do peso, sorrindo como quem ama. A emoção de permanecer na varanda lhe trouxe a paisagem do ontem com nitidez. Inclusive os galos continuavam cantando, ora para anunciar o entardecer, ora para anunciar o amanhecer.

O som do ar-condicionado da sala da casa-grande trazia a agonia da modernidade. Relembrou com nitidez que naquela época não havia eletricidade. E, da varanda, as noites de lua eram vistas e as estrelas, cultuadas. Por necessidade, usavam candeeiros. Ao menos para vencer a escuridão no caminho da sala até os quartos. Dormiam sozinhos em camas generosas.

Quando vazia, a casa era frequentada pelo olhar atento das caranguejeiras que apareciam no interregno da solidão. A sós, Maria Antonieta percebia o olhar atento da felpuda. Chegou a dar nome a uma delas: Estela, a que dormia atrás de sua cama. Todas as noites rezavam juntas. Estela e ela. Ela e Estela.

A CARTA

NA CABECEIRA DA CAMA do quarto da avó, encontrou alguns livros, e, dentro de um deles, um envelope pardo e volumoso. Dentro, um bilhete e uma carta.

Meu querido filho José,

Estou à beira da morte, precisaria entregar-te pessoalmente a carta que teu pai me enviou antes de falecer, mas não careço de energia para tal.

Segue a correspondência, endereçada ao teu avô, retornada por ausência de destinatário em decorrência de sua morte.

É importante que a guardes como os tesouros são guardados.

Saibas que sempre rezarei por ti. Espero que me perdoes.

Da mãe que te ama,

Ébano

Meu pai querido,

Deixei Portugal naquele porão. Sonhava ter uma vida como a de Fernão de Magalhães. E, graças à minha liberdade, vim parar do outro lado do mundo. Isso foi em 1864.

Passei por uma cidade grande, com muitas luzes. Fiquei à espreita, escondido, com medo de ser descoberto e examinado pelo médico. Pela fresta do porão, vi sapatos sujos e o sotaque de minha terra sendo falado a galope. O médico perguntava em uma língua estranha algo que eles não respondiam, talvez por não entenderem. Se eu subisse ao convés, achariam curioso o fato de eu ser tão miúdo, sem nenhum pelo no corpo de quinze anos. E ainda mais notável era o fato de eu estar sozinho ali, naquele navio. Na noite anterior, eu tinha sonhado que um homem que falava a minha língua perguntava sobre os meus pais e para onde eu iria. "Minha mãe morreu", dizia eu. "A peste a levou. Quanto a mim, vou até a colônia de nome Brasil."

Como em um sonho, partiu o navio aos mares de tom azul-turquesa até chegar ao cais do Recife.

Sem conhecer ninguém e sem lugar para dormir, fiquei ao relento. Era melhor do que a companhia dos ratos do navio. Acordei com o sol na cara e senti a força do vento.

A barriga roncava de tão vazia. Procurei pelo consulado de Portugal. Não era longe dali. Faminto, com os pés sujos e uma mala pequenina de madeira, bati o sino que se encontrava à esquerda do imenso portão de ferro do consulado. Um homem de quepe pediu que eu entrasse. Ele me olhava de soslaio.

Entramos em uma sala clara. Senti-me em casa, porque muitos daqueles que ocupavam o espaço da grande sala falavam como eu. Também portavam documentos iguais aos que eu deveria ter. Imaginei uma história e tive que sustentá-la até o fim: "Meus documentos estavam no bolso de minha calça. Meu tio Manuel fez milhões de pedidos para que eu cuidasse bem deles."

Levaram-me para dentro e me ofereceram comida. Saciado, senti vontade de tomar banho. Mas o homem de quepe me disse que banho somente depois de preparar a ficha. Aguardei minha vez, batia repetidas vezes as pernas... Tinha de me manter o menos nervoso possível, antes gastar energia nas pernas do que gaguejar! Precisei fingir surpresa ao perceber a ausência dos documentos: a cara de espanto que fiz quando enfiei a mão no bolso da calça e só encontrei o santinho de Nossa Senhora. Lembrei-me de minha mãe, da peste invadindo o corpo dela. E foi fácil chorar ao me lembrar de suas chagas.

Ofereceram-me mais comida. Saciado, senti sono. Adormeci com o rosto ainda melado das lágrimas. Acordei e dei de cara com o homem que faria parte de minha história por anos a fio."

Beijo,

do seu ingrato José

A angústia de Maria Antonieta cresceu. Depois da leitura, partiu para a varanda e, na rede, começou a escrever, tentando vasculhar a história de cabeça para baixo. Como um quebra-cabeça, as peças aos poucos se juntavam. O cheiro da antiga mangueira, carcomida de bichos, a inebriava. A mão, como em vertigem, acelerava-se.

No jogo de damas, há peças pretas e brancas. No cemitério, há somente a tumba de brancos e mestiços. Mas se estou viva em busca de minha raiz, onde estará enterrada minha trisavó?, pensou, sem perceber que, na verdade, a trisavó estivera ali desde sempre.

Ao lado do gato Matias, Maria Antonieta voltou ao quarto em que a avó costumava dormir em suas visitas ao engenho. Pegou um livro na cabeceira da cama. Passou a folhear *Ébano sobre os canaviais*, de um autor chamado Orfeu. Dentro havia uma dedicatória: *Dedico ao legado do filho que não pude criar.*

Descobriu ali o todo o segredo que a avó queria tanto lhe contar. Ébano estava inscrita naquelas linhas, e não enterrada como os cavalos e as vacas, ao pé de árvores frondosas.

Maria Antonieta foi para a varanda da casa-grande e, do alto, avistou o caniçal; o sol ainda refletia nas folhas esverdeadas, mas, do outro lado, a lua emergia. Matias miou e apontou o focinho para o canavial coberto de tons ora de verde, ora cor de estanho. Pela primeira vez percebeu-se. Olhou com atenção para si. Abraçou-se. Sentiu um vento gostoso tocar seus braços acastanhados e teve orgulho de ser descendente de Ébano e José.

A primeira edição deste livro foi impressa nas oficinas da
DISTRIBUIDORA RECORD DE SERVIÇOS DE IMPRENSA S.A.
Rua Argentina, 171, Rio de Janeiro, RJ
para a EDITORA JOSÉ OLYMPIO LTDA., em agosto de 2023.

★

92º aniversário desta Casa de livros, fundada em 29.11.1931.